Sexo entre mulheres

Um guia irreverente

Dados Internacionais de Catalogação na Publicação (CIP)
(Câmara Brasileira do Livro, SP, Brasil)

Bright, Susie, 1958 -
Sexo entre mulheres : um guia irreverente / Susie Bright ;
[tradução Sonia Simon]. – São Paulo : Summus, 1998.

Título original: Susie Sexpert's lesbian sex world.
ISBN 85-86755-05-2

1. Lésbicas – Comportamento sexual 2. Orientação sexual para lésbicas I. Título.

97-5809   CDD-306.76

Índices para catálogo sistemático:

1. Lesbianismo : sociologia   306.7

Compre em lugar de fotocopiar.
Cada real que você dá por um livro recompensa seus autores
e os convida a produzir mais sobre o tema;
incentiva seus editores a traduzir, encomendar e publicar
outras obras sobre o assunto;
e paga aos livreiros por estocar e levar até você livros
para a sua informação e entretenimento.
Cada real que você dá pela fotocópia não-autorizada de um livro
financia um crime
e ajuda a matar a produção intelectual em todo o mundo.

Sexo entre mulheres

Um guia irreverente

SUSIE BRIGHT

Do original em língua inglesa
SUSIE SEXPERT'S LESBIAN SEX WORLD
Copyright © 1990 by Susie Bright
Publicado por acordo com a Cleis Press, box 14684,
São Francisco, CA 94114
Direitos para a língua portuguesa adquiridos por
Summus Editorial, que se reserva a propriedade desta tradução

Tradução: **Sonia Manski Simon**
Projeto gráfico e capa: **Brasil Verde**
Editoração eletrônica: **Acqua Estúdio Gráfico**
Editora responsável: **Laura Bacellar**

1ª reimpressão

Edições GLS

Departamento editorial:
Rua Itapicuru, 613 – 7º andar
05006-000 – São Paulo – SP
Fone: (11) 3872-3322
Fax: (11) 3872-7476
http://www.edgls.com.br
e-mail: gls@edgls.com.br

Atendimento ao consumidor:
Summus Editorial
Fone: (11) 3865-9890

Vendas por atacado:
Fone: (11) 3873-8638
Fax: (11) 3873-7085
e-mail: vendas@summus.com.br

Impresso no Brasil

AGRADECIMENTOS

Gostaria de agradecer às seguintes amigas por me ensinarem algumas coisas sobre sexo: minhas sócias em *On our backs*, Debi Sundahl e Nan Kinney; Joani Blank e o fenômeno Good Vibrations (a loja Vibrações Positivas); Joelle Vidal, Eric Hodderson, Willie Grover, Honey Lee Cottrell e Carter Herrera.
Um especial obrigado a minha irmã Lisa LaBia, por sua ajuda e apoio na preparação dessa antologia.

SUMÁRIO

Nota da edição brasileira — 9

Conheça Susie Sexpert — 11

A primeira vez — 17

Frisson sobre o ponto G — 20

Viciada em vibrador — 23

Embrulhe para presente — 25

Do outro lado — 28

Cidade de primeira — 31

O charme da mulher hétero — 35

Produtos em festa — 39

Entre para a turma — 43

Esfrega-esfrega — 48

Mão na cumbuca — 54

Crimes contra a natureza — 58

Máscaras de borracha — 61

Fisting parte dois, o retorno — 64

Viva Las Vegas _____ 68

Louca por máquinas _____ 72

Drag por um dia _____ 75

Invasoras do mundo feminino _____ 78

Bolas chinesas e outros brinquedos extra grandes _____ 82

Andando em círculos _____ 86

Do lado de lá da Aids_____ 90

Pornologia e outros estudos avançados _____ 97

Piercing radical _____ 101

Personalidades lésbicas famosas _____ 104

O que vem por aí _____ 108

Sobre a autora _____ 111

NOTA DA EDIÇÃO BRASILEIRA

A cultura lésbica nos Estados Unidos já produziu muito mais livros e discussões teóricas do que a brasileira, com o corolário de alguns termos e noções muito usuais lá (ainda) não terem entrado em nosso vocabulário.

Butch e *femme* são duas dessas palavras de difícil tradução. *Butch* significa a lésbica que normalmente usa roupas neutras ou masculinas, faz um tipo mais durona, toma a iniciativa em boa parte das situações e apresenta uma fachada de auto-suficiência.

Femme significa a lésbica mais identificada com vestidos e maquiagem, aparente fragilidade, sedução indireta e o comportamento de quem gosta de ser ajudada e elogiada.

São dois tipos culturais que, é claro, não existem em estado puro, sendo cada mulher uma mistura das duas tendências de comportamento e aparência, ou de nenhuma delas, como a androginia vem demonstrando.

A cultura lésbica americana já passou por vários estágios em relação aos tipos de *butch* e *femme*. Até os anos 70, esta era a forma como as mulheres se comportavam nos bares, exagerando as diferenças e apresentando um código um tanto rígido de comportamento: *butchs* (franchas) abriam as portas e acendiam os cigarros, *femmes* (ladies) usavam vestidos provocantes, um pouco como ainda acontece no Brasil fora do circuito de boates cosmopolitas.

Só que a partir dos anos 70, os Estados Unidos passaram por uma revolução feminista que, entre outras coisas, rejeitou os dois tipos como uma imitação da cultura heterossexual. Por um tempo, toda mulher que se considerasse feminista era quase que obrigada a vestir-se de forma andrógina – jeans e camiseta – e encarar o amor entre mulheres como o único caminho para a igualdade.

Passados os excessos de opinião daquela época, a cultura lésbica voltou a reconhecer os tipos *butch* e *femme*, não mais os vendo como imitações de um casal heterossexual, mas valorizando-os enquanto polaridades que fazem parte do modo de ser, inclusive erótico, das mulheres.

Butchs (ou franchas) não são mulheres que desejariam ser homens. *Butchs* são mulheres que se sentem mais à vontade com comportamentos tidos como masculinos, mas que na verdade podem ser praticados tanto por homens quanto por mulheres. *Butchs*, verdade seja dita, sequer são sempre lésbicas, visto que muitas mulheres héteros preferem esse mesmo jeito mais simples e direto de se expressar e vestir.

Do mesmo modo, *femmes* (ou ladies) não são mulheres à espera de um homem para lhes mostrar as maravilhas da vida heterossexual. *Femmes* são mulheres que se sentem atraídas por mulheres, e ao mesmo tempo gostam do papel tradicionalmente "feminino" criado pela sociedade. Muitas vezes, *femmes* se sentem atraídas por *butchs* e vice-versa, mas simplesmente porque esta parece ser uma boa combinação de energias, e não porque desejem imitar modelos heterossexuais.

Preferimos algumas vezes deixar os termos em inglês nesta tradução por não termos conseguido encontrar equivalentes em português isentos de conotações de julgamento ou vulgaridade. Fica o convite para inventarmos palavras mais simpáticas e exatas a respeito de nós mesmas, a serem incluídas em uma próxima edição.

CONHEÇA SUSIE SEXPERT

Susie Sexpert nasceu de um ataque de nervos, daqueles bem extravagantes. Escrevi a primeira coluna "Toys for Us" (Nossos Brinquedos), com crônicas sobre o mundo do sexo entre mulheres, para a edição de lançamento de *On our backs*, em 1984, a primeira revista direcionada para lésbicas "aventureiras". Eu estava irritada com a maior mentira já contada, desde aquela sobre a Terra ser plana: a de que as lésbicas não fazem sexo.

As lésbicas já foram tachadas de sensuais e até de eróticas, mais ou menos como se pode chamar uma flor de sensual e erótica. Mas sexo carnal – do tipo em que o suor escorre dos poros, o tesão enlouquece – é uma coisa que as filhas de Safo têm tido dificuldade para exibir.

Parte da culpa por essa mentira pertence a pessoas desinformadas e bitoladas. Quando eu conto a elas que edito uma revista de sexo entre mulheres, a resposta favorita é: "Sexo entre mulheres? Mas isso não é uma contradição?" Minha parceira Debi diz que esse tipo de gente trepa em três minutos, e esse é também o tempo que elas conseguem dedicar a qualquer pensamento.

Mas o resto da culpa pertence à estupidez das próprias lésbicas. Você sabe se é uma sapa estúpida ... ou se foi, porque durante um certo tempo todas nós fomos. "Fale só por você mesma", vai ser sua resposta, e é o que eu vou fazer. Eu recebi uma educação sexual típica, que foi mais ou menos assim:

1. Meninas não sabem muito sobre sexo, e nem precisam saber.

2. Garotas precisam de amor, não de sexo.
3. Não tenha esperança de ter orgasmo.

O início do movimento feminista jogou essas idéias no lixo, e antes que alguém pudesse dizer "me chupe", as mulheres estavam revelando seus apetites sexuais, em números sem precedentes. Do "mito do orgasmo vaginal", totalmente demolido no livro *Relatório Hite*, de Shere Hite, aos manifestos de sexo entre mulheres, como "In Amerika they call us dykes" (Somos chamadas de sapatonas nos Estados Unidos), e em *Our bodies, ourselves* (Nossos corpos, nós mesmas), mulheres ostentando ares de grande conhecimento expuseram suas verdades sexuais. Betty Dodson, uma artista de Nova York, entrou para a história ao convidar seus leitores, em seu folheto ilustrado *Liberating masturbation* (Liberando a masturbação), a telefonar para suas mães perguntando: "Mãe, você se masturba para atingir o orgasmo?"

Resumidamente, a mensagem do movimento era achar seu clitóris, aprender a criar o próprio orgasmo, expressar sua curiosidade sexual na totalidade, e não deixar ninguém, especialmente nenhum homem, dizer para você como ou quando gozar. Pronto, lá estava! Foi um mãos à obra militante para a liberação feminina.

Mas acabar com mentiras e medos não é tão fácil assim. Apesar de a nova geração de lésbicas feministas se mostrar ansiosa para falar de si própria – e desejar estabelecer um novo padrão para a identidade sexual feminina –, demonstrou timidez e uma excessiva discrição ao falar do que as lésbicas de fato fazem na cama. Só se falou sobre: "O que a gente não faz", isto é, heterossexualidade. E qual era a definição da heterossexualidade? Masculinidade? E o que ela é exatamente? Puxa, caímos em uma bela armadilha!

A teoria sexual lésbica feminista se reduziu a expurgar tudo o que era agressivo, mudava de forma e não era oval de seu vocabulário erótico. A mídia da principal corrente de pensamento lésbico pronunciou clichês sexistas sobre a "natureza do homem e da mulher" que poderiam ter sido ditos do alto de um púlpito fundamentalista. E como a dissidência entre a política sexual feminista e a política sexual em geral cresceu muito nos anos 80, esses clichês foram realmente parar em púlpitos religiosos.

Os homens foram descritos como inerentemente agressivos, naturalmente promíscuos, e com interesse concentrado exclusivamente na área genital; propensos a vícios sexuais, masturbações pornográficas perigosas e, em geral, necessitando ser reprimidos para que sua busca ativa por sexo não se tornasse uma ameaça pública.

Nós, mulheres, por outro lado, fomos elogiadas por nosso inerente decoro sexual e nossa natureza monogâmica, igualando nosso desejo ao amor romântico e nosso sexo a uma sexualidade procriadora não-genital. Liberação e prazer sexual não eram absolutamente prioridades para mulheres. E, por último, nós, mulheres nunca usávamos, produzíamos ou apreciávamos pornografia.

Se você acredita em algumas das afirmações anteriores, tenho um lugarzinho fantástico para vender-lhe na Terra do Nunca...

Essas premissas teóricas permitiram que direitistas reacionários usassem a retórica feminista conservadora para seduzir ingênuos e liberais a participar da luta contra a "coisa do diabo" que é a pornografia. Os Estados Unidos como um país liberal estava disposto a abandonar a concepção de que "o lugar das mulheres é dentro de casa", mas a idéia de que as mulheres precisavam ser defendidas contra a "violência da pornografia" – o novo eufemismo para "a sem-vergonhice dos homens" – triunfou nos meios de comunicação.

Ninguém menos que o assessor direto de Ronald Reagan para assuntos de moral, o feminista Ed Meese, considerou o movimento das mulheres contra a pornografia tão atraente que convidou sua líder, Andrea Dworkin, para prestar depoimento em uma série de audiências que visavam anular a Primeira Emenda, relativa à livre expressão sexual, e retroceder vinte anos de conquistas em direitos de livre expressão e discussão sexual. O *Relatório da Comissão Meese*, dois grossos volumes de depoimentos, contém uma mistura surrealista de fundamentalismo religioso e asneiras de patrulhamento moral feminista – entremeado de algumas das obscenidades mais cabeludas e exóticas que conseguiram desencavar. Eu, pessoalmente, gozei três vezes só no primeiro volume, mas meus poucos momentos de prazer genital foram grosseiramente interrompidos pelo pior dos casamentos entre a retórica de direita e o protecionismo liberal.

Enquanto isso, na vida particular das mulheres, as descobertas sexuais seguiam seu próprio curso e o poder erótico florescia – mas quase ninguém falava sobre isso. Good Vibrations (Vibrações Positivas), a única loja de vibradores para mulheres, onde eu trabalhei durante cinco anos, era um confessionário explosivo. Todos os dias, com o pretexto de vender vibradores, pênis de silicone, livros eróticos e lubrificantes, eu conversava com as mulheres detalhadamente sobre suas vidas sexuais. As mulheres revelavam uma ignorância e insegurança escandalosas (e até mesmo autocensura) – e imagine que essas eram as pessoas que arriscavam entrar num lugar daquele tipo.

A preocupação sexual número um da maioria das mulheres era o fato de elas não terem orgasmo, ou não conseguirem controlar a hora e o modo de o atingirem. Os homens não se queixam de não saberem como ter um orgasmo, ou de não saberem se já tiveram um. Nunca. E essa não é uma questão de biologia, é a mais pura opressão.

Nas minhas conversas com as mulheres na Good Vibrations, um pouquinho de informação já produzia grandes resultados. Era quase embaraçoso mostrar para uma mulher um diagrama de localização de seu ponto G e de seu clitóris, e observar vinte anos de ansiedade desaparecendo.

Relacionamentos entre lésbicas potencializavam todas as paixões e os problemas relativos a experiências sexuais femininas ao enésimo grau. Mesmo as lésbicas que não tinham sido doutrinadas pelo feminismo levavam, muito freqüentemente, vidas sexuais dominadas pelo segredo e pelo medo. Você não precisa ter em mãos um manual de instruções para compreender o constrangimento e medo do próprio desejo sexual. As mulheres são contaminadas por inseguranças pessoais sobre sexo desde a infância, e uma predisposição à homossexualidade não as livra da tradicional falta de confiança e da ignorância a respeito das prioridades sexuais típica das mulheres. As sapatonas também não conseguiam encarar de frente os seus desejos – qual era a forma "correta" de fazer sexo? Parecia que a "forma correta" era tão ampla como a cabeça de um alfinete. A primeira vez em que disse a um casal de lésbicas nervosas perante meu balcão da loja que "a penetração é tão heterossexual como o beijo", assisti a um rubor de cegar.

Um outro grupo de mulheres apareceu ao mesmo tempo no início dos anos 80, tipos surpreendentememte diferentes que se juntaram em torno do mantra: "A verdade liberta". O espírito delas encampou a revolução sexual por que eu estivera ansiando, e tudo aquilo que minha personagem Susie Sexpert vinha tentando expressar. Essa mulheres – algumas da minha geração e outras mais velhas – perceberam que não tínhamos iniciado uma revolução para apenas nos acomodarmos e dizermos: "Por favor, sem sexo – nós somos lésbicas". Demonstramos o mesmo zelo que havíamos dedicado ao trabalho social e político. Outras garotas – e essas me fascinavam – ignoravam completamente os estágios agonizantes por que eu passara e simplesmente aceitavam os benefícios da liberação feminina e gay, perguntando: "E agora?" Elas reivindicavam produtos, serviços e vida social adequados para seres humanos liberados e seguros de si. Elas rejeitavam a idéia de que ainda deveriam sofrer para receber gratificação. Algumas mais velhas as consideravam mal-agradecidas e apolíticas, mas eu as via como revigorantes, a prova de que nós de fato havíamos transformado o mundo.

A satisfação de mostrar a mulheres pela primeira vez palavras que descrevem nossas vidas sexuais, imagens de nossos corpos e desejos, abrir espaço para que mulheres contassem suas experiências sexuais comuns e bizarras – foi um caminho sem volta. Sexualmente, não há nada de novo sob o sol. Todavia, ainda existem muitas sombras, e somente a fala e a escrita podem colocá-las às claras.

Um breve histórico da participação de Susie Sexpert na revista *On our backs*. Quase todos os artigos aqui compilados apareceram em uma coluna chamada "Toys for Us" (Nossos Brinquedos), que começou como aparição única comemorando o surgimento da primeira revista erótica para lésbicas. Brinquei de dar respostas a cartas como tantas colunas de etiqueta por aí, mas logo fiquei impaciente de esperar dúvidas pelo correio. Algumas vezes me diverti compilando Relatórios da Consumidora Lésbica sobre brinquedos eróticos, mas, à medida que o tempo foi passando, fui ficando mais interessada na intimidade da vida das lésbicas do que em engenhocas eróticas.

"Toys for Us" sobreviveu à nova produção erótica para mulheres, aos vídeos para lésbicas e "porno-estrelas" lésbicas, sadomasoquismo feminino, revelação do ponto G, novos papéis de sapatonas e ladies, e às mais recentes lésbicas chiques, às guerras sexuais da Comissão Meese, à Aids e ao sexo seguro – e agora, cinco anos depois, tenho ainda minha gravidez e maternidade para considerar. Será que *Sexo entre mulheres: um guia irreverente* irá se transformar numa novela das oito? Passe-me uma fralda limpa e pare de sorrir.

A primeira vez

As pesquisas do Instituto Gallup nunca acharam adequado perguntar quais são os artigos eróticos preferidos das lésbicas. Nem o *Consumer Reports* (Relatório do Consumidor). No entanto, com o aparecimento da revista *On our backs,* estatísticas fascinantes e exageros cientificamente fundamentados tornaram-se disponíveis a todas as sapatas.

Para algumas meninas sortudas, brinquedos sexuais improvisados foram parte integrante da sexualidade infantil. Brincadeiras de médico foram só a ponta do iceberg. Lembra da pequena Felice, que toda feliz montava cavalinho na máquina de lavar toda vez que a mãe a punha para funcionar? Ou que tal Michele, que socava um sapato de salto alto de couro legítimo dentro da calcinha e perambulava pela casa até entrar em delírio? Para as crianças dos anos 60 como eu, histórias de escovas de dente elétricas foram supercomuns, a ponto de entediarem.

Apesar dessa introdução promissora ao mundo dos apetrechos sexuais, a maioria das mulheres abandona o que elas chamam de brinquedos de criança quando entram na puberdade; e, pior ainda, abandonam junto a masturbação.

Para aquelas que fecharam sua caixa de brinquedos de Pandora, ou que nunca a abriram para começar, chegou a hora de se redimir. Já sei qual é o protesto que está na ponta de sua cansada língua: "Mas eu não *preciso* de um vibrador!"

Claro que não precisa. Você também não *precisa* ter prazer. Você não *precisa* ter sensações e aventuras incríveis. Um pouco de água e pão de dezessete cereais vão satisfazer suas necessidades vitais muito bem. Mas em vez de nos preocuparmos com a mera sobrevivência, minha proposta é que nos preocupemos com nós mesmas, nossas vontades, sonhos, impulsos e, especialmente, nossos *desejos*. Um vibrador é uma ótima entrada para uma experiência agradável. Um pênis de silicone é a mesma coisa. Assim como um traje decotado, um boá de plumas, óleos aromáticos aquecidos e um plugue anal. Com um pouco de informação ao consumidor e uma ânsia saudável por prazer, toda lésbica agora tem a oportunidade de explorar o mundo dos brinquedos eróticos.

Vamos falar um pouco a respeito do equipamento doméstico básico. Vibradores elétricos são preferíveis aos de pilha, pelas seguintes razões:

1. Eles duram anos.
2. Sua vibração é forte, homogênea e constante.
3. São fabricados por empresas conhecidas no mercado, que assumem responsabilidade perante seus clientes.

Existem vibradores a pilha de modelos específicos para proporcionar sensações que podem ser muito prazerosas, mas você jamais irá perdoar o miserável se ele pifar exatamente naquela hora crucial. Geralmente, os modelos a pilha duram meses, não anos, e sua potência é mais fraca do que a dos elétricos. É claro que existem honrosas exceções, mas o principal é abrir a arca do tesouro e experimentar uma novidade.

Experimente uma abobrinha suculenta, ou um objeto moldado de silicone macio. Tecnicamente, qualquer dispositivo usado para o prazer da penetração vaginal ou anal é um brinquedo sexual. É melhor que seja feito de um material facilmente limpável, que não cause irritações, e de preferência fique com uma temperatura agradável quando em contato com a pele. Uma vez passei por uma terrível provação com uma cenoura que tinha acabado de sair da geladeira.

Assim que você se acertar com seu modelo preferido, vai passar a achar que, apesar de não terem a destreza de seus dedos, pênis de silicone são pequenos ajudantes incansáveis que podem aumentar o tipo de penetração que você aprecia, e até adicionar novas possibilidades ao seu arquivo de fantasias sexuais.

Não há grande polêmica nos fatos sobre os pênis de silicone, embora haja muita controvérsia a respeito de sua semelhança com o infame "pênis", e tudo o que ele representa. As conotações políticas, sociais e emocionais dos pênis de silicone têm aprisionado muitas lésbicas infelizes numa camisa-de-força. Recebi uma vez uma carta angustiada de um casal de sapatonas de Palo Alto, que diziam que sua vida sexual era satisfatória, exceto por um pequeno detalhe:

> "Parece que ainda estamos ligadas a nosso passado heterossexual, o que faz com que nós duas queiramos ter sensações na vagina, além da estimulação direta do clitóris. Por mais que eu tente tirar isso da cabeça, o assunto acaba sempre surgindo entre nós. Será que você poderia nos mandar alguma informação *bem* discreta sobre pênis de silicone?"

Caras senhoras, a informação discreta, completa e definitiva sobre pênis de silicone é a seguinte: a penetração é tão heterossexual quanto o beijo. Acho que já é hora de falar a verdade. Uma trepada não tem gênero.

Não só isso, como também só dá para comparar o pênis com o pênis de silicone no sentido em que ambos ocupam lugar no espaço. Fora as diferenças de forma e material, o contraste mais flagrante é que o pênis de silicone está à sua disposição, ele não tem outro desejo fora o seu ou o da sua parceira. Uma infinidade de lésbicas experimentam o pênis de silicone com suporte no provador da loja Good Vibrations, e ficam com a expectativa de que o dispositivo funcione como se tivesse vida própria. Pode ser excitante fazer isso uma ou duas vezes, mas, para falar a verdade, é muito mais satisfatório usá-los com calma, fazendo várias tentativas agradáveis de ensaio e erro para descobrir qual é a melhor maneira de manusear seu próprio brinquedo e otimizar o prazer.

Logo você vai se ver com uma coleção completa de bonecas de borracha, e vai acabar lhes dando nomes de bichinhos de estimação: "Onde está Henry?" "Boom-Boom já está limpinho?" e "Como você pôde emprestar a Amélia?"

Frisson sobre o ponto G

Querida Susie Sexpert,
Não consigo encontrar meu ponto G, embora tenha procurado em todos os cantos. Nem acreditaria que essa bobagem existe, se minha namorada não atingisse o orgasmo através dele todas as vezes que fazemos amor. Ela adora trepar sendo estimulada nesse local tão especial, e, ao atingir o orgasmo, ela jorra como um extintor de incêndio. Deve ser mesmo muito bom! Por que não consigo achar o meu?

Sofredora de Miami

Querida perdida:
Sua namorada deve ser uma das mulheres mencionadas pela equipe de pesquisa do livro *O ponto G,* do doutor Beverly Whipple, aquele que deu tanto o que falar. O doutor Whipple, no meio do texto, agradece a um certo grupo de lésbicas de Miami por terem compartilhado suas experiências de ponto G com os médicos curiosos.

Ao mesmo tempo que o livro proporcionou confiança e esclarecimento para as mulheres que chegam ao orgasmo através de penetração vaginal, deixou outras mulheres céticas e preocupadas com relação à localização e funcionamento deste botão mágico de excitação.

A melhor imagem para descrever esse ponto é, na verdade, uma esponja do tamanho de um feijão, que se enche de sangue durante o período de excitação sexual. Ele também envolve e protege a uretra contra pressões indevidas. Localiza-se a alguns centímetros acima do púbis, diretamente na frente do útero.

Alguns livros apresentam uma visão mais abrangente do ponto G, denominando-o de corpo esponjoso uretral e definindo-o como parte do clitóris. Isso significa que o clitóris não é apenas um botãozinho espiando para fora de um invólucro, mas sim um sistema completo de partes capazes de resposta sexual que se estende internamente ao longo da parede vaginal, envolvendo a uretra e partes da bexiga: tecidos passíveis de ereção, músculos, nervos e vasos sangüíneos.

Conseqüentemente, embora todos os clitóris femininos sejam suscetíveis à excitação sexual, cada mulher é diferente na forma como gosta de ser excitada. Algumas mulheres gostam de ter a cabeça do clitóris estimulada, outras querem seu ponto G intensivamente massageado, e outras ainda querem ser lambidas no lado esquerdo de seus pequenos lábios! Nossas bocetas são altamente individualizadas. Com certeza você tem o seu ponto G, mas ele pode não ser a sua preferência.

Você vai dizer que sente como se estivesse perdendo o melhor da festa. O velho ditado "a prática leva à perfeição" aplica-se também ao orgasmo.

Quando estiver sozinha, tente usar um vibrador ou um pênis de silicone para encontrar o seu ponto G. Lembre-se de que não fica muito para dentro, mas é complicado de achar com seus próprios dedos, a não ser que você tenha dedos longos e uma vagina muito curta. Se estiver com uma parceira., peça a ela para introduzir o dedo com você deitada de bruços.

Pressione, friccione, e tamborile com os dedos a porção esponjosa de sua parede vaginal anterior. Sentiu que está com vontade de ir ao banheiro? Ótimo! Continue insistindo nessa sensação, sinta a esponja inchar, ficar maior e mais dura, e imagine que você vai inundar o quarto com seu orgasmo. Muitas mulheres não conseguem passar desse ponto por causa de sua relutância em molhar a cama, fazer sujeira, ou constranger seus parentes. Que pena! É agora ou nunca, já está mais do que na hora de você ter seu próprio, e mais do que merecido, orgasmo através do ponto G.

Algumas mulheres gozam dessa maneira, sem ejacular nada. Outras dizem que ficam tão entretidas com as sensações no clitóris ou no ânus que nem se preocupam em fazer movimentos no ponto G. Mulheres que gozam com ejaculação devem tranqüilizar-se com o fato de que esse fluido não é urina, mas sim um substância similar ao sêmen sem esperma.

A intenção pedagógica do livro sobre o ponto G foi provar que mulheres e homens são muito mais semelhantes na sua biologia sexual do que nossa cultura nos faz crer, e eu concordo com os autores. O ponto G/corpo esponjoso uretral é análogo à próstata masculina, que é uma região que possibilita aos homens chegar ao orgasmo pelo ânus, em vez do pênis.

Sexo não é fascinante? Espero que você em Miami encontre um novo nicho sexual, onde quer que ele esteja.

Viciada em vibrador

Querida Susie Sexpert,
Estou em dúvida sobre começar a usar vibrador, porque tenho medo de não conseguir largar e de não saber mais gozar naturalmente. Conheço uma pessoa que só consegue ter orgasmo com sua Vara Mágica, e não quero ficar como ela.

Rita irrequieta

Querida inexperiente,

Ao contrário de cocaína pura ou roer as unhas, usar um vibrador não é nem psicologicamente viciante, nem tique nervoso. Vivemos numa cultura tão propensa a vícios que, às vezes, achamos que nem vale a pena fazer uma coisa se não provocar dependência. Mas acredito que você vai descobrir que usar vibradores é uma experiência libertadora.

A maioria dos seres humanos tende a ficar sempre presa aos mesmos padrões de comportamento sexual depois de descobrir que são um meio certo e seguro de levar ao orgasmo. Por exemplo, eu mesma me masturbei dos oito até os dezoito anos na mesmíssima posição: barriga para baixo, mãos estendidas embaixo do corpo bem rígido, movimentando um dedo sobre a cabeça do meu clitóris. Na verdade, até que era uma boa posição para uma criança, mas depois que cresci, esse jeito quase quebrou meu braço, causando muito desconforto. Eu não conhecia outra maneira de atingir o orgasmo, e minhas tentativas com outros métodos foram um fracasso total.

Por outro lado, minha primeira experiência com um vibrador foi uma tremenda descoberta. Pude desfrutar dele de muitas maneiras, com uma intensidade que nunca havia sentido antes. O uso de vibradores quebrou meu padrão de comportamento sexual e, uma vez feita a primeira mudança, todo um mundo novo de variações, das mais sutis às mais ousadas, abriu-se para mim. Você vai encontrar inúmeras mulheres com a mesma história.

É verdade que os vibradores vão com freqüência fazer com que você atinja o orgasmo mais rapidamente do que outros métodos. No entanto, uma fantasia bem erótica na mão é muito melhor do que dois vibradores voando. Imagine se você conseguir conciliar as duas coisas.

As mulheres que sentem que o uso de vibradores está caindo numa rotina, ou que qualquer outra prática sexual está se tornando um mau hábito, podem experimentar o método de parar e recomeçar. Comece usando seu vibrador como sempre, mas quando sentir que está perto do ápice, desligue-o e continue a estimulação com sua mão, ou com sua parceira. Continue nesse vai e volta, apreciando os dois métodos diferentes, deixando-se excitar ora por um tipo de estimulação, ora por outro. Nessa altura, você vai descobrir que adiar seu orgasmo através deste exercício de pequenas paradas pode ser tanto extremamente prazeroso como absolutamente enlouquecedor.

Outra sugestão, se você quiser deixar seu vibrador de lado, é escolher alguma coisa sexy para ler ou para olhar, enquanto você se diverte com você mesma. Acabei de trazer para casa um álbum chamado "Talk Dirty To Me" (Quero ouvir sacanagem), da artista pornô Sharon Mitchell, que parece perfeito para experimentar sexo auditivo.

Talvez você não saiba, mas existem fãs ardorosas de vibradores que nunca haviam gozado até comprarem a sua maquininha. Seria muito atrevimento de sua parte censurar o prazer delas, rotulando-o de antinatural ou viciante. Repressão sexual e falta de sensualidade é que são epidêmicas e patológicas neste nosso mundinho. É fato comprovado tanto pela sexóloga Susie como pela ciência que mais orgasmos levam a mais orgasmos, e essa é a maior vantagem de se ligar na eletrônica.

Embrulhe para presente

Querida Susie Sexpert,

Até recentemente me considerava apenas uma sapatona. Curto calça jeans de modelo masculino, apetrechos de couro, sadomasoquismo moderado e mulheres bonitas. No entanto, encontrei um novo fetiche, que mexeu muito comigo. Certo dia, estava em casa, e minha curiosidade me levou a colocar meu pênis de silicone dentro do jeans, e a ficar usando-o pela casa. A protuberância me apertando foi uma grande fonte de excitação. Gostei da minha aparência e também da sensação. Ao esfregar minha mão sobre a saliência no meio das minhas pernas, tive um orgasmo explosivo.

Algumas questões foram levantadas a partir da intensa reação que essa experiência me despertou. Como conciliar esse desejo com a minha ideologia feminista? Como feminista, e formada em psicologia, estava convencida de que Freud tinha perdido sua credibilidade a partir do discurso sobre inveja do pênis. (Talvez deva reavaliar minha crítica à teoria de Freud.) Será que só eu tenho esse tipo de fantasias, ou existem outras lésbicas com fantasias semelhantes? Eu seria muito ridicularizada se usasse minha fantasia em público? Por favor, esclareça-me o máximo que puder sobre esse assunto.

Jack in the box

Querida caixa de surpresas,

Que surpresinha deliciosa foi receber a sua carta! Aposto que muitas mulheres já ficaram nervosas ao sentir coisas parecidas com as que você descreve.

A verdadeira questão é: a ideologia feminista consegue abranger o desejo? Apesar de o feminismo ter ajudado a explicar diferenças de gênero, não conseguiu todavia se desenvolver como uma filosofia que esclareça a sexualidade ou o erotismo.

Entender porque cada dólar ganho por um homem corresponde a cinqüenta e nove centavos ganhos por uma mulher não ajuda a explicar a origem do desejo sexual feminino. O movimento de liberação feminina nos legou, no âmbito da sexualidade, a idéia de que nossos corpos nos pertencem, e de que somos capazes e confiáveis para realizar nossas escolhas sexuais.

Não acredito que você tenha inveja do pênis, creio que você inveje pênis de silicone. Quantas vezes tenho de repetir princípios básicos? Um pênis de silicone não é um pênis. Compare os dois, e você imediatamente perceberá as diferenças. Antes de mais nada, um pênis de silicone é um objeto para jogos sexuais; não faz parte do corpo humano, e não é preciso conviver com ele a vida inteira. Lembre-se de que foi a fricção do pinto de brinquedo contra seu clitóris que a fez atingir o orgasmo.

Você sabia que o consolo é um dos poucos apetrechos sexuais tradicionalmente associados a sapatonas? Todo mundo os usa, mas fomos nós, as lésbicas, que os tornamos famosos. Portanto, usar pênis de silicone é um direito a nós concedido pela Grande Deusa; na verdade é nossa legítima herança histórica.

Você seria ridicularizada se usasse um pênis artificial em público? Talvez você despertasse mais inveja de pênis de silicone. Mas pode ser que seu prazer valha a pena. A propósito, conheço um restaurante pequeno e acolhedor, você gostaria de se encontrar comigo e...

Com amor,
Susie Sexpert

Querida Susie Sexpert,
Por favor, explique para mim a dinâmica social-sexual-fisiológica de um encontro de duas butchs *. Tenho observado reações de repulsa fortíssima e outros casos de resultados muito positivos. O que você tem a comentar sobre o assunto?*

New Jersey

---

* N. da T. Por favor leia os comentários sobre *butch* e *femme* na "Nota da edição brasileira" no início desta obra.

Querida Jersey,

Minha amiga Fanny Fatal, lésbica, *stripper* e sem papas na língua, e que se autodefine especialista em matéria de *butchs* e *femmes*, implorou para que eu a deixasse responder essa questão fundamental.

Nas palavras da Fanny: "Quando uma *butch* se encontra com outra, e dá certo, suas psiques masculinas dizem: 'Você é como eu (físico). Isso me excita (sexual). Vamos transar (social).'"

Pode também acontecer de duas *butchs* se encontrarem e continuarem olhando para os lados em busca de uma *femme*. Aprendi a duras penas que as aparências de *butchs* também enganam. Não são todas que sentem atração por *femmes*. Mesmo entre as que sentem esse desejo, não são todas agressivas na cama (na verdade, muito poucas o são). Um casal *butch/butch* ou *femme/femme* é tão comum como um casal *butch/femme*; embora isso pareça confuso e complicado no início, essa compreensão pode resultar em relacionamentos mais felizes a longo prazo.

O que uma *butch* diria para outra se estivesse falando sacanagem? "Eu chupo seu pau se você chupar o meu." Ou: "Sei que no fundo você é apenas uma puta querendo ser comida, por isso fique de quatro."

Eis aqui mais algumas idéias para deixar você de cabeça quente: existem *butchs* que se vestem com roupas bem femininas porque isso as excita. Quem é realmente travesti? Uma *butch* em roupas masculinas ou uma *butch* vestindo roupas femininas? Qual vai ser a definição de travesti em nosso futuro sexual bem informado?

Aqui vai mais uma: metade das lésbicas que trabalham na indústria de sexo como dançarinas eróticas ou prostitutas são *butchs* disfarçadas de mulheres femininas. E para o olho clínico de uma *femme*, isso está mais do que na cara.

Do outro lado

Agora eu gostaria de falar um pouco a respeito de sexo anal. Antes, quando uma cliente ficava perambulando pelo setor de vibradores numa *sex-shop* sem falar nada, eu podia jurar que tinha alguma coisa a ver com seu traseiro.

Hoje em dia, assistimos a uma revolução generalizada de abertura em relação ao sexo anal. As pessoas estão sinceramente concordando com a filosofia do adesivo de automóveis: "Prefiro sexo anal". Quer dizer, pelo menos algumas pessoas.

Mesmo assim, ainda existem perguntas que todos querem fazer: a dor é inevitável? E se machucar? É verdade que muita gente acaba tendo que ir ao pronto-socorro para tirar objetos entalados?

Por que as lésbicas não falam muito sobre sexo anal? Além de não ser assunto próprio para uma "dama", traz à tona medos mais do que comuns relacionados a higiene e doenças. Ninguém, gay ou heterossexual, recebe informação sobre a sexualidade anal, apesar desta poder proporcionar orgasmo e satisfação como qualquer outro tipo de sexo.

Eu já encontrei excelentes artigos sobre sexo anal em revistas para lésbicas além de em *On our backs*, mas todos tendiam mais para a penetração da mão inteira até o cotovelo, em vez das preocupações mais banais de uma pessoa que está pretendendo que só seu dedo mindinho ultrapasse A Última Barreira.

É muito simples. A idéia básica é que o ânus é um receptor ativo, que se abre para a penetração, desde que relaxado e excitado. Não pode ser aberto à força como a vagina, que, falando francamente, pode muito mais facilmente ser abusada. Nosso ânus, ao contrário, definitivamente tem que dar o primeiro passo.

Carícias prévias, muitas vezes a melhor parte, incluem a estimulação do racho entre as nádegas e das pequenas dobras sensíveis que ficam em volta do buraco. Essa é a hora de começar a colocar óleo vegetal. Uma lubrificação abundante sempre funciona melhor, seja generosa. Seu reto e seu ânus não são capazes de fornecer umidade, a não ser o suor da expectativa. Pode colocar quanto quiser que não será exagero.

Para fazer movimentos dentro do buraco, é imprescindível que você se comunique abertamente com sua parceira. (As masturbadoras podem pular esse pedaço). O velho lema sexual, "lubrificação e comunicação", deve ser o seu guia. Consulte a sua parceira para saber se está bom e para onde você deve ir a partir desse ponto.

Vamos supor que você queira que sua amante enfie o dedo indicador apenas um pouquinho e o mantenha lá sem nenhum movimento por alguns minutos, até que seu ânus esteja completamente relaxado. Daí pode ser que você queira que ela mude de tática, e entre com movimentos fortes e vigorosos. Talvez você queira que ela coloque bem lentamente mais um dedo para dentro até você gozar. Com todas essas variações e preferências, você vai ver que não há como escapar de falar. Nenhuma amante é capaz de olhar em seus olhos e adivinhar de que jeito você quer ter seu rabo comido.

A sensação maravilhosa que você pode ter com a penetração anal tem a ver com o preenchimento do seu ânus e com a pressão sobre o seu corpo esponjoso perineal, o outro lado do clitóris. Seu clitóris inteiro tende a ficar duro como pedra, especialmente se houver mãos em outros lugares.

Dedos ou objetos introduzidos no reto devem ser perfeitamente lisos e não abrasivos. Não importa o tamanho, o que importa é se arranha. Um pequeno rasgo dentro de seu ânus pode ser infectado pelas fezes. Na próxima vez que você vir uma pessoa com unhas bem cortadas, lixadas e limpinhas, você vai saber onde elas estiveram.

Se você usar um pênis de silicone, certifique-se de que tenha uma base mais larga, que funcione como um breque, para evitar que escorregue para dentro de seu reto.

Essa é a maneira como as pessoas perdem coisas lá dentro: uma mulher entra na seção de vibradores e compra um, pequeno e fino, sem uma base na extremidade. Ela acha que vai ser a maior dificuldade para colocar até mesmo a cabeça do brinquedo em seu rabo. Mas, para sua surpresa, ela acaba ficando tão relaxada e extasiada que, sem querer, enfia o vibrador inteiro no seu reto, e só percebe depois que gozou. Se mantiver a calma, poderá simplesmente puxá-lo para fora, mas o absurdo da situação pode fazer com que entre em pânico.

A próxima parada é o pronto-socorro, morrendo de vergonha e de cu na mão. O médico dilata o reto e recupera o brinquedo. Esse é o final da história, e eu espero que a mensagem tenha ficado clara. Use suas mãos ou um pênis de silicone com uma base larga, e você nunca precisará fazer uma visita exótica ao hospital.

Algumas amantes gostam de usar um plugue anal em forma de diamante, que tem a vantagem adicional de ficar no lugar, deixando assim as mãos livres para outras tarefas. Mas se a sua parte predileta é a movimentação vigorosa para dentro e para fora, você pode escolher a forma de brinquedo que melhor lhe aprouver. A propósito, em qualquer *sex-shop* você vai encontrá-los. Como disse, estão na moda.

Cá entre nós, cada vez mais casais heterossexuais estão entrando nas *sex-shops* para pedi-los, o marido querendo ter seu rabo comido e a esposa feliz em atender o pedido. Que progresso surpreendente!

Agora algumas palavras sobre higiene. Se você não sabe até agora que não deve enfiar um plugue anal ou um dedo na boca ou na vagina antes de limpá-los, é melhor ler de novo qualquer manual sobre sexo. Se a idéia de ter um pouco de cocô na sua patinha a incomoda, está na hora de crescer. Os entusiastas de sexo anal mais sérios fazem uma pequena ducha ou uma lavagem intestinal para limpar quaisquer resquícios de fezes, mas isso não é necessário para o embate normal – uma média de até três dedos de largura por dez a quinze centímetros de profundidade. É claro que, se você ficar dolorida ou for muito sensível, é melhor brincar de outra coisa. Use a cabeça e você evitará os diversos contratempos da mística e dos mitos do sexo anal.

Cidade de primeira

Cheguei em Chicago em julho de 1985 e fui recebida por uma crepitante chuva de granizo. Em uma hora a cidade se livrou de uma onda de calor terrível, e eu pude desfrutar de uma semana de clima quase perfeito. E com um clima agradável, Chicago é uma das cidades mais bonitas do mundo.

Eu nunca vou entender por que minha amiga Rhonda, ex-moradora de Chicago, nos avisou, antes de partirmos: "Se você quer estar no meio de gente gay, por que está indo para Chicago?" Pura besteira. A comunidade gay na cidade dos ventos é ímpar e tem uma longa tradição.

Minha maior surpresa foi que Chicago tem mais bares de lésbicas do que qualquer cidade grande nos Estados Unidos. Um passeio por discotecas normais, por exemplo Augie and C.K.'s, é apenas uma gota no oceano. Há bares de jogadoras de beisebol, bares de mulheres mais velhas, bares só para encher a cara, bares nos subúrbios, bares de gente que topa qualquer parada como o His 'N Hers, que apresentou nosso vídeos eróticos lésbicos durante minha estada, mas que também exibe um monte de outras coisas, de música *folk* a lutas no gel.

As pessoas se queixam das limitações da vida social de bar, mas para uma visitante como eu, a cidade inteira parecia estar tomada por lugares feitos de encomenda para achar mulheres de todo tipo. Encontrei também uma considerável contracultura de gays e lésbicas nos mesmos locais, o que foi muito agradável após os bares exclusivos para mulheres ou homens de São Francisco e Nova York.

Em geral, Chicago reflete o melhor e o pior da vida gay, do jeito que era há dez anos em paraísos como São Francisco. *Butchs* e *femmes* vivem despreocupadas seus relacionamentos e formas de erotismo. Se a turma feminista mais jovem tem alguma coisa a dizer sobre isso, você nem as escuta, porque estão extremamente isoladas. As mulheres ou escolhem o feminismo mais tradicional das universidades ou não ligam a mínima para as suas convenções.

O mesmo estilo tradicional de vida gay, que tão bem aceita franchas e ladies, é muito enclausurante para a comunidade sadomasoquista. Na noite em que mostramos os vídeos eróticos na boate His 'N Hers, amigas vieram cochichar para mim: "Têm oito sadomasoquistas aqui". Mas como é que dava para saber? Não havia nem sombra de couro. Lá, se você é uma lésbica sadomasô, mantém o bico calado sobre o assunto, vive suas fantasias só na imaginação e toca a vida até encontrar outra mulher solitária, que sinta a mesma coisa. As pessoas nem mesmo vestem roupas de couro que estejam na moda, por medo de arruinarem sua reputação.

A grande exceção são as mulheres que moram nos subúrbios. Que aura de mistério elas têm! Aparentemente, essas lésbicas radicais freqüentam reuniões de venda de artigos eróticos, pois em algum lugar devem comprar as lingeries e tachas que usam abertamente. Até as lésbicas mais machonas usam vestidos. Como eu não saí do gueto gay durante toda a minha estada, não posso relatar uma experiência em primeira mão, mas os rumores eram excitantes.

As mulheres de Chicago são muito francas. Deram suas opiniões na minha cara, e eu não ousei levar para o campo pessoal. Se os filmes eróticos não foram de seu agrado, as minhas pernas foram. Quando gostaram de *On our backs,* disseram exatamente quais histórias e modelos eram suas favoritas.

Outro lugar imperdível se você for a Chicago é a casa de espetáculos Baton Show Lounge, famosa por passar o melhor show de *drags* dos Estados Unidos. Os artistas são excelentes e o próprio público também é um espetáculo à parte.

O Baton é um cabaré altamente profissional, com um tipo de transformistas que personificam mulheres que fazem a gente perceber que gênero pode ser algo altamente sensual. Quando o transformista Chili Pepper, um dos favoritos da casa, fez caras e bocas, fumou e rebolou ao cantar uma música romântica de Millie Jackson, quase fiquei de quatro e implorei por sexo. Essa dama sabe como fazer aflorar a verdadeira puta dentro de cada um.

As pessoas dão muitas gorjetas, e o curioso é ver quem as dá. O público é bem heterogêneo: hétero e gay, negro e branco. Para o transformista que personifica uma mulher, a multidão que se formou para dar gorjeta incluiu veados, *butchs*, mulheres héteros negras e eu.

Também se apresentaram dois dançarinos *strippers* "masculinos", belíssimos, que obviamente são homossexuais mas interpretam um romance heterossexual. Mulheres héteros negras e brancas se acotovelam para chegar perto desses caras e dar gorjetas.

"O que acontece se um homem se aproximar para lhes dar gorjeta?", perguntei a uma amiga de velhos tempos. "Ele será solenemente ignorado", foi a resposta rápida. Isso é uma coisa que eu gostaria que mudasse.

Por que não existe nenhuma mulher *drag*? Será que Marlene Dietrich foi a única que conseguiu essa façanha? Foram feitas algumas tentativas de shows com *drags* lésbicas, mas eu ainda estou para ver uma mulher que faça uma personificação de homem e tenha cara de quem saberia o que fazer com um pinto se tivesse um. Não transparece aquela completa quebra de gênero que as *drag queens* conseguem passar de maneira tão brilhante. Alguém por favor prove que eu estou errada!

Será que as lésbicas não estão prontas para nossos próprios shows de *drag*? Até agora só vimos algumas *strippers* lésbicas no Bur-Lezk, em São Francisco. No começo, somente algumas *femmes* corajosas se aproximavam do palco para mostrar que tinham gostado. Será que as sapas têm medo de admirar o seu self masculino? Estou vendo que vou ter de desafiá-las até que alguém se irrite e mostre resultados. Quando será que vamos aprender a desfrutar a sexualidade de gênero em vez de ter medo dela?

Eu não poderia ir embora de Chicago sem visitar a sede nacional da revista *Playboy*. Eu e Honey Lee Cottrel, a fotógrafa de *On our backs*, entramos no arranha-céu, no centro da cidade, às quatro e meia da tarde de uma sexta-feira, crentes de que faria bem aos funcionários da *Playboy* nos conhecer.

Fizemos a primeira parada no departamento editorial da revista. Que piada! As secretárias e assistentes editoriais com quem conversamos confidenciaram para nós que nem mesmo olham para as partes mais eróticas e picantes da revista. Ficam constrangidas com elas.

Subimos ao décimo-primeiro andar, onde fica o departamento de fotografia, o coração da revista. De novo, encontramos só mulheres trabalhando, com a exceção de uma bicha sorridente, que atravessou o lobby correndo: "Vou ser consultor essa semana!" Vale destacar que grande parte das fotografias que você vê na *Playboy* – as capas, anúncios de moda, pequenos desenhos – são produzidos por uma equipe de mulheres editoras.

As pessoas na sala de recepção ficaram estupefatas com *On our backs*. Perderam a respiração particularmente com o pôster de uma caminhoneira nas páginas centrais de nossa primeira edição, e educadamente perguntaram: "Não existe nada igual, não é mesmo?"

Puxa vida, eu ia dedicar esse capítulo para comentar com vocês por que as bolas tailandesas não funcionam, mas é que Chicago foi uma surpresa muito especial em matéria de sexo. Além disso, meu brinquedo erótico predileto hoje em dia é uma passagem de avião.

O charme da mulher hétero

Não, claro que você não gosta de héteros. Por que uma lésbica se sentiria atraída por uma mulher que só transa com homens? A ansiedade dela cansa, o marido dela cansa, e o charme de sua ingenuidade se desgasta rapidamente. Ela vem para usá-la – e muito. A comunidade lésbica não precisa desta mágoa.

Apesar de tudo, o que é que as héteros têm? Elas não são a tara de todas, mas a atração entre pessoas heterossexuais e gays é com certeza um dos esportes prediletos na cidade.

A atração que elas exercem está envolta em uma aura de mistério. As lésbicas que de maneira persistente se sentem atraídas por essas mulheres não sabem explicar o que as interessa tanto.

"Que héteros, que nada!", disse uma experiente conquistadora. "Eu já levei para a cama mais mulheres que estavam em bares héteros do que em bares de lésbicas."

"Elas sempre vêm atrás de mim", insistiu outra conquistadora. "É clássico. E acabam dizendo: 'Nunca pensei que pudesse ser tão bom...'"

"...E depois vão embora", interrompe outra veterana. "Você pode ter certeza que acaba sempre abandonada."

Vamos deixar abaixar um pouco a poeira que o vendaval de emoções perturbadoras levanta sobre a verdadeira questão por trás de casos com mulheres heterossexuais. A verdade é que essas mulheres podem ser uma fantasia erótica ou uma preferência sexual duradoura. Nós sabemos quem *elas* são, mas o que acontece conosco que nos compele a essa tendência? Que tipo de lésbica se apaixona por mulheres heterossexuais?

A típica é a do tipo "ver para crer". Ela não rotula suas amantes como sendo de um tipo ou de outro. Diz que não julga ninguém. Apesar de os seus últimos dezessete relacionamentos terem sido com mulheres héteros, ela nega que a heterossexualidade tenha alguma coisa a ver com a atração que sente.

Se madame "ver para crer" é muito covarde para julgar, nós o faremos. A heterossexualidade de suas amantes tem tudo a ver com essa sedução "misteriosa". Fazer uma mulher se descobrir é, sem dúvida nenhuma, uma experiência inebriante.

Existem outras espécies na lista das Apaixonadas por Héteros Anônimas. Uma é a separatista. Toda sapata que despreza mulheres heterossexuais um dia foi, ou ainda é, apaixonada por elas. O feminismo forneceu bons argumentos políticos para tirarmos as mulheres heterossexuais de nossas vidas. Mas apesar de toda a retórica globalizante, os fatos lá no fundo são: ela a rejeitou, muito provavelmente por um pinto, e a rejeição é um vício amargo. Você se culpa por ter acreditado que poderia transformá-la, e acha que nunca mais será enganada. Até a próxima vez...

O poder e a glória reservados à verdadeira amante de mulheres héteros não é chorar no travesseiro e ranger os dentes de raiva. O poder está em aceitar as mulheres héteros pelo que elas são: um objeto de desejo. Uma ótima fantasia para a masturbação. Ou uma paquera ocasional no escritório, um romance de férias. Podem até servir de inspiração para uma cena que você represente com sua amante lésbica: "Você vai ser a hétero rica debruçada sobre os abacates na seção *gourmet* do supermercado, e eu vou ser a lésbica simpática que fica espiando seus peitos."

Para conseguir se "assumir" como uma amante de héteros, é bom esclarecer exatamente o que é tão atraente nessas mulheres. Vamos examinar os princípios básicos:

1. Não há nada como um bom desafio. Embora héteros sejam supostamente inatingíveis, você sabe que sua boca e suas mãos podem fazê-la mudar de idéia. Nós, garanhonas, já conseguimos muitos triunfos em matéria de sexo.
2. As mulheres heterossexuais são completamente naturais em sua feminilidade, o que é particularmente excitante para *butchs*. Elas são supertranqüilas como mulheres, sem

terem tido de lutar contra imagem de molecas ou as inseguranças de uma lésbica. Qualquer filme de Elizabeth Taylor pode comprovar esse fato.

3. A gente se sente numa missão de amor, como conquistadoras de virgens, e se delicia com sua ingenuidade e avidez. Temos tanto a ensinar, e o apetite delas é tão grande.

4. As héteros vivem fora da cultura gay. É óbvio que sim, mas freqüentemente é exatamente essa a motivação. Muitas lésbicas cansadas de bares ou da militância são atraídas por mulheres que não têm nada a ver conosco: nossa panelinha, nossos hábitos, nossos problemas. Essas mulheres também têm seus rolos, mas, na excitação, não percebemos logo de cara.

Nunca deixe que digam que as mulheres héteros são todas iguais. Existem alguns tipos definidos, mas nós, por medo de rotular, nunca tivemos o bom senso de nomear.

Aqui vem a calhar o uso da terminologia *butch/femme**. Normalmente, *butch/femme* é uma descrição reservada apenas para uso em território gay, mas a mesma denominação de estilo é de grande ajuda, e talvez apropriada para descrever nosso tesão por heterossexuais.

Por exemplo, a Mulher de Médico é uma hétero *femme*. Ela parece ter muito tempo e um monte de jóias à sua disposição. Esconde o vibrador de seu marido e quase morre quando você coloca sua mão inteira dentro dela. Muito magra, muito limpa, ela grita quando goza.

A Mulher Terra é a mulher hétero *butch*. Ela vive rodeada por crianças, animais e maridos imprestáveis. É resistente e forte como um touro, desperta a vontade de fazermos um documentário sobre sua vida, e o seu peito parece o paraíso. Ela nunca gozou antes. Você acaba com o cinismo dela, que nada mais é do que a conseqüência de três maridos alcoólatras. Vocês duas transam na parte de trás da caminhonete num *drive-in*, enquanto as crianças estão do lado de fora brigando por causa de balas.

---

* N. da T. Por favor, leia a "Nota à edição brasileira" no início desta obra.

A lista continua. Classe, raça, idade e um time de futebol feminino podem acrescentar variedades intermináveis. Uma vez que você tenha identificado sua fantasia com mulheres héteros como parte de sua identidade erótica, vai começar a se divertir. Encare-a como qualquer outra fantasia. Você quer mesmo concretizá-la ou será que ela perderia um pouco de graça na vida real? Provavelmente, só a experiência poderá dizer.

Se mulheres héteros são definitivamente a sua preferência sexual, então comece a apreciar o sexo em vez de ficar reclamando das limitações do relacionamento. Se o que você gosta é de fazê-las experimentar o sexo com mulheres, por que você não as deixa logo depois, em vez de esperar até ficar frustrada com as "recaídas"? Se você quer férias da comunidade gay, não tenha expectativas de que *ela* siga *nossas* regras.

As héteros têm muito mais consciência dos motivos por que se sentem atraídas por nós. Sabemos beijar. Fazemos sexo oral como a coisa mais natural do mundo, trepamos maravilhosamente bem – e elas nunca imaginaram que esfregar-se podia ser tão bom. O lesbianismo é uma delícia de carinhos intermináveis, carinhos com orgasmo. E a nossa pele é macia como a delas.

Algumas dessas héteros vão enganá-la sem aviso e se tornar lésbicas também. Vão começar a fazer amor de verdade com você e aparecer com novidades que irão fazer seu clitóris se animar todo, e você perder a noção do tempo. De repente, sua preciosa e inocente dama hétero terá desaparecido. No lugar dela, você vai estar na companhia de uma lésbica maravilhosa.

Nessa hora, você talvez queira levá-la para um canto e confessar que, para falar a verdade, você também já foi "hétero" um dia.

Produtos em festa

Quantas vezes você já foi com um grupo de amigas a uma demonstração de brinquedos sexuais em casa? São chamadas, no meio, de reuniões de *fuckerware*, mas é claro que têm um nome mais digno para o público.

Esse tipo de reunião é para aquelas mulheres que preferem a morte do que ser vistas entrando numa *sex-shop*. (Uma mulher certa vez até me disse: "Já pensou se meu pastor me vir?", o que me pareceu uma fantasia incrível). Em muitos lugares do país, uma reunião de artigos eróticos pode ser a única oportunidade de uma mulher ver pessoalmente o que são vibradores, pênis de silicone e lingeries eróticas.

O sucesso da reunião depende muito de quem faz a apresentação. Nada me deixa mais irritada do que saber que algumas anfitriãs sequer conseguem pronunciar a palavra "clitóris", e desdenham quase que abertamente os produtos que estão vendendo. Essas demonstradoras que têm medo de ser específicas sobre sexo acabam dedicando-se a falar de lingerie e como derramar chocolate derretido por todo o corpo para fazer com que a sua parceira venha chupá-la, um método nada prático.

Uma boa reunião é um lugar onde você consegue obter ótimas informações e participar de discussões sobre excitação, lubrificação, orgasmo, masturbação, como conversar sobre sexo com sua amante, fantasias eróticas, e por que um tipo de vibrador é melhor do que outro.

A anfitriã está numa posição de dizer todas as coisas que o restante das pessoas fica muito constrangido para trazer à baila. Ela faz circular os artigos pelo grupo, para que todas possam ter a experiência prática de manuseá-los. Uma boa reunião decola quando as convidadas vão além do nível de perguntar: "Mas será que eu não vou me eletrocutar?" e começam a compartilhar a excitação de experiências sexuais verdadeiras.

Qual você acha que é campeão de vendas nas reuniões de brinquedos eróticos? Lubrificantes! Amigas, temos enfrentado uma crise de lubrificação que já dura gerações e não vai melhorar. Um dos primeiros sinais físicos de excitação da mulher é uma vagina molhada. Mas muitas mulheres permanecem secas mesmo quando sentem que estão excitadas. Por que a gente não pode ter um "umedecedor" quando sabemos que estamos excitadas?

Uma série de fatores da vida contemporânea pode fazer com que você fique seca mesmo quando excitada. Muitos tipos de remédios, como contra a sinusite, automaticamente secam a vagina. As drogas de uso social, como o álcool e a maconha, são um inferno para a lubrificação. Isso pode ser uma surpresa desagradável para quem acha que ficar alta vai deixá-la com mais tesão do que nunca. Dietas, cirurgias ginecológicas, menopausa e aquele fator de sempre, o estresse, podem tirar todo o molho de sua vida sexual. E o sexo simplesmente não é gostoso sem lubrificação, não só para penetração, mas também para qualquer tipo de carícias externas no clitóris.

A boa notícia é que você não precisa modificar totalmente seu modo de vida para se tornar mais escorregadia. Quando souber que está excitada e desejosa de fazer amor, você poderá passar um pouco de algum produto oleoso e pronto! Você estará bem untada e pronta para deixar rolar.

Muitas mulheres sofrem da ansiedade de não estarem suficientemente lubrificadas na hora de fazer sexo e ficam se perguntando: "O que será que há de errado comigo *agora*?" É muito comum o receio de que a parceira fique ofendida e ache que não é sexy o suficiente para *fazer* você ficar molhada.

Por favor esqueça essa tirania do bom desempenho e escolha o molho mais adequado. Sua amante vai ficar aliviada de ter isso a menos com que se preocupar. Qualquer uma que insista em achar que você deve molhar seu jeans toda vez que ela entra na sala é desinformada e não vale seu precioso tempo.

Um bom lubrificante não exige grandes gastos. Qualquer óleo

vegetal de sua cozinha dá um umedecedor seguro e suave. Óleo de coco é particularmente bom, porque vem em forma sólida e derrete de maneira luxuriante. O mesmo não é verdade para óleos animais e minerais. Embora não cheguem a matar ninguém, são chamados de óleos "provocadores de lesões" e seus tecidos internos ficarão muito mais agradecidos se você preferir os óleos vegetais em vez desses. São produtos à base de óleos animais e minerais os óleos para bebês e todos os tipos de loções que você passa nas mãos e no rosto. Mantenha-os afastados de sua xoxota!

O pior de todos é a vaselina. Muita gente acha que a vaselina é um lubrificante adequado por ser freqüentemente mencionado em revistas pornográficas. Você lembra que, quando era criança, os adultos diziam que você não podia engolir chiclete porque demorava sete anos para ele ser digerido? Pois é, acontece a mesma coisa com esse subproduto do petróleo em sua vagina ou em seu reto. A vaselina não é solúvel em água. Solúvel em água significa que o produto pode ser facilmente lavado e dissolvido em água. A maioria dos óleos são solúveis em água, enquanto a vaselina não é. Se você não consegue tirá-la da louça lavando com água morna, você também não vai conseguir tirá-la de seu interior com água.

Existem novos tipos de lubrificantes à base de água (não-oleosos) que são ótimos. São extremamente viscosos e não se parecem com nada a não ser com sua própria mucosa vaginal. Lubrificantes à base de água são compostos em grande parte por água deionizada e polímeros (o mesmo espessante encontrado em tudo, de sorvete a maquiagem) em cadeias longas de moléculas para atingir viscosidade orgânica. Existem diversas marcas desses produtos (como K-Y), que são seguros e não provocam efeitos colaterais, infecções ou ardências. Procure nas farmácias a melhor marca para você.

Uma outra vantagem dos lubrificantes à base de água é que são mais compatíveis com os brinquedos eróticos de borracha, que se deterioram quando em contato com óleo.

A não ser que você seja como uma fonte de praça principal, eu recomendo um lubrificante toda vez que usar um pênis de silicone. É comum mulheres virem me contar que querem jogar fora seu pênis de silicone grande e comprar um menor. Confessam que não conseguem introduzir bem seu brinquedo nem em suas companheiras, nem em si mesmas. Aposto o quanto você quiser que essas mulheres não estão usando lubrificantes, com resultados dolorosos e desmoralizantes. Se for este o seu caso, sugiro que faça uma nova tentativa com o mesmo pênis de silicone. Façam muito carinho até que o seu clitóris e o de sua amante estejam bem duros. Passe um pouco de lubrificante na sua vagina ou no brinquedo, e introduza-o suavemente. Se depois desse teste ainda achá-lo muito grande, então você poderá me dizer: "Eu não falei?"

Entre para a turma

Eu havia prometido estender-me sobre sexo grupal e muitas amigas quiseram saber o *porquê*. Deram-me um conselho: se você está querendo começar uma nova mania, talvez devesse escolher alguma coisa mais simples.

Mas eu tenho a estranha sensação de que a maioria de nós já é veterana em experiências de sexo grupal, apesar de que talvez não seja essa a impressão que se tenha. O jogo de girar a garrafa é sexo em grupo. Brincar de médico é definitivamente uma experiência grupal, assim como estacionar em um *drive-in* ou em um parque escuro com mais de um casal no carro. Quando assumem a homossexualidade, muitas mulheres têm sua primeira aventura em grupo. Há toda uma geração de lésbicas que fez amor com uma mulher pela primeira vez durante um *ménage à trois* com um homem, ou respondendo a um anúncio de *swingers*.

Finalmente, acontece também aquela situação indefinida em que você ia acomodar a prima Kitty no sofá-cama, mas vocês estavam todas tão confortavelmente instaladas no quarto que uma coisa levou a outra e...

Uma orgia formal, por outro lado, é uma coisa que a maioria das lésbicas considera estar fora de sua experiência.

Se alguma vez fizemos sexo em grupo, em geral foi um caso isolado que aconteceu de forma inconsciente, do tipo sobre o qual não se conversa depois e que com certeza jamais foi planejado.

Uma orgia que se preze, de acordo com o senso comum, precisa acontecer em Malibu, com uma cama d'água e óleo de patchuli (como nos anos sessenta), ou talvez ter mulheres com roupas de couro penduradas em correntes ou mergulhadas em tonéis de óleo (a versão sadomasoquista moderna).

Quando eu era adolescente, participei muitas vezes de grupos no estilo sul da Califórnia, inclusive de um onde a cama d'água arrebentou. Eu sempre gostei da idéia de poder me envolver sexualmente com outras pessoas sem a expectativa de uma proposta de casamento na manhã seguinte.

Sexo grupal é uma dinâmica de diversão onde você pode fazer amor sem se apaixonar, e ser amável com outras pessoas sem ter de levar em consideração as conseqüências. Permite que pares casados tirem férias conjugais uma da outra sem colocar uma pessoa no lugar. Permite que se experimentem de uma só vez alternativas que levaríamos anos para conseguir tendo um caso de cada vez.

Finalmente, o máximo da orgia: muitas mãos tocarem você, ou suas mãos tocarem muitas outras mulheres, é uma experiência sublime. Exposição contínua a sexo grupal pode rapidamente convencê-la de que é ele tão natural e organicamente sensual como qualquer relacionamento entre duas pessoas. E que a arca de Noé vá para o inferno!

Vamos agora abordar o assunto do ponto de vista da etiqueta e boas maneiras para preparar o ambiente de uma festa grupal bem-sucedida. A dica número um da boa anfitriã é convidar pelo menos o dobro de pessoas que você espera que venham. R.S.V.P. é *obrigatório*. Fora as desculpas esfarrapadas de convidadas cujos carros caíram no riacho e não conseguiram chegar, você também vai encontrar um monte de mulheres que vão dar para trás no último instante e passar a noite escondidas num bar, depois de terem se vangloriado para você que mal podiam esperar para comparecer à festa. Convide gente a mais sem medo.

Os mesmos gêneros de primeira necessidade que você esperaria encontrar em qualquer boa festa contam duas vezes mais em uma festa de sexo. A comida precisa ser não só boa, como também boa para ser tocada. Experimente alimentos fáceis de pegar com as mãos, uvas que podem ser romanticamente descascadas e introduzidas em lugares quentes, creme chantilly, obviamente, e comida que não precise ser aquecida para que se possa beliscar a noite toda. Compre muitas bebidas, porque essa gente vai ficar com muita sede.

Música é importante, assim como quaisquer outros passatempos que você possa propor para deixar as convidadas à vontade.

Dançar deixa as pessoas com tesão, e promover orgias em casa ficou mais fácil com o aparecimento de vídeos pornográficos. Você pode também utilizar alguns truques que, por mais inocentes que pareçam, servem para ajudar gente mais tímida a entrar no clima. O jogo de girar a garrafa pode ser adaptado para regras mais sofisticadas, e qualquer brincadeira em que a perdedora tire a roupa é válida. Em geral, o mais importante não é tirar a roupa em si, mas dar início às atividades.

É bom que haja espaços prontos para a folia nas salas em uso. Providencie mobília macia ou improvise camas pelo chão. Agora é a hora de usar aqueles lençóis de cetim que não param na sua cama, mas funcionam como ótima forração para o chão. Coloque alguns potes de lubrificantes em lugares estratégicos, e faça-me o favor de manter os vibradores ligados nas tomadas e os brinquedos ao alcance das mãos.

Vai ser um vexame se você não dispuser de vibradores e pênis de silicone para entreter seus convidados. Até pessoas tímidas se sentem atraídas por engenhocas e maquininhas. Não se esqueça de camisinhas e luvas de plástico. As camisinhas são para facilitar o uso compartilhado de pênis de silicone; as luvas para quem usa dedos aventureiros para transar (assim como para as adeptas do *fisting*), e querem fazê-lo de maneira segura, evitando o contato de cortes com secreções.

O que se pode fazer em uma orgia? Esqueça os estereótipos de posições sexuais complicadas e de ter todos os orifícios explorados de uma só vez. Na prática, uma aventura grupal pode incluir: observar, masturbar-se, facilitar o prazer de outra pessoa, fazer alguém gozar, receber um pouco de atenção ou ser o centro das atenções. Uma participação como auxiliar ou mesmo como atriz coadjuvante na viagem sexual de alguém dá muito prazer, o que pode não ser óbvio para iniciantes.

Uma de minhas amantes lembra que uma vez pediu a sua amiga Rita para ficar deitada embaixo dela enquanto Rita era chicoteada. Assim pode ter uma experiência de sadomasoquismo por intermédio de outra pessoa, uma prática com a qual ela evita contato direto. Ou, na interpretação da própria Rita: "Ela ficou com a melhor parte". E Rita desfrutou do contato com uma amiga com quem ela não iria trepar normalmente.

De vez em quando, nosso círculo de amigas é tão incestuoso que a intimidade pode incomodar. Minha melhor amiga pôs sua cabeça no meu colo enquanto estava sendo comida por outras quatro, mas eu mesma me sentiria constrangida de fazer sexo com ela. Por outro lado, dentro de uma situação grupal, trepei com a amante de minha melhor amiga, por quem sinto muita afeição, mas com quem eu jamais ousaria transar se não estivéssemos numa festa.

Meus problemas com sexo grupal com certeza parecerão familiares para a maioria das mulheres que já o experimentaram:

1. timidez por não saber como começar;
2. objetividade para conseguir o que se deseja;
3. abandono das inibições;
4. para as duplas casadas da festa, ciúme, o monstro de olhos verdes.

E o que acontece se você sofre da paranóia de ser a "virgem da orgia", que acaba sendo comida por quarenta mulheres vestidas de couro com pintos grandes como punhos, tudo porque você disse "sim" quando alguém entregou para você o óleo vegetal? Será que eu ouvi você dizer: "Nosso maior medo é a nossa mais secreta fantasia?" Isso é verdade, mas muitas vezes é preciso ir com calma nessas questões. Minha sugestão para a noviça é ir experimentando aos poucos, em vez de tentar provar sei lá o quê, e ir com muita sede ao pote. Escolha uma coisa simples que pareça atraente, como observar Deirdre ser lambida no cu, ou usar um vibrador vendo um filme pornô enquanto Lisa chupa seus dedos do pé.

Pergunte para as pessoas se você pode entrar na brincadeira. Se você for convidada para se sentar sobre o rosto de alguém e não se sentir atraída nem pela pessoa nem pela atividade, pense em participar de uma outra maneira que aprecie mais. Sorria, faça sinal negativo com a cabeça e ofereça-se para fazer alguma outra coisa: olhar, segurar o vibrador etc. Esteja disposta a entrar na brincadeira e a tomar parte com espírito cooperativo, a expor-se um pouco fazendo sexo, mas sem sentir que é obrigada a dizer "sim" para qualquer coisa que lhe ofereçam.

Ficar à vontade é mais fácil para quem é exibicionista, e você logo vai descobrir se pertence a essa categoria. Eu estive em um monte de festas grupais e me diverti muito sem nunca ter gozado. A anfitriã da festa em geral faz o papel de *voyeur-mor,* apesar de algumas acharem que devem dar o exemplo e assumirem o papel de modelo, mostrando o que deve ser feito. Meu conselho: não se preocupe em tentar relaxar. Concentre-se em ficar com tesão e o resto será apenas uma decorrência.

Finalmente, o espinho sempre presente na vida dos casais: o ciúme. A hora adequada para lidar com sentimentos de culpa é antes da festa ou depois, nunca durante. Primeiro, conversem entre vocês de que forma as duas ficariam mais à vontade para participar de um evento desse tipo. Será que ambas querem igualmente experimentar essa novidade? Os sinais de perigo são quando uma das parceiras está mais relutante em participar do que a outra, mas vai só para agradar. Outras opções melhores seriam ir sozinha, ir junto com a condição de ficar só olhando, ou deixar que a parte relutante escolha a atividade sexual ou a parceira para a mais interessada.

Decidam se vocês querem se separar e não se envolverem uma com a outra de jeito nenhum, ou se o objetivo é ficarem juntas para seduzirem parceiras como um casal. É fundamental que vocês discutam e cheguem a um acordo sobre as regras e os limites antes de irem, e evitem pressionar seu par a fazer algo que não fazia parte do combinado anteriormente. Se na hora aparecer alguma coisa que você queira fazer, converse depois sobre o assunto com sua parceira e guarde para fazer na próxima vez.

Se você acha que, apesar de suas boas intenções, ainda assim está prestes a ferver de ciúme, certifique-se de ter dinheiro para o táxi e saia discretamente. Sexo em grupo é muito diferente de grupos de encontro, não confunda. A melhor coisa a fazer para a relação é planejar um *brunch* especial, ou dar um passeio calmamente para conversar sobre seus sentimentos e o que aconteceu na véspera. E lembre-se que a melhor maneira de acalmar sentimentos de culpa ou de posse é dar uma bela trepada com a sua amante depois de tudo.

Agora você já está pronta para mandar os convites? Posso levar minha boneca inflável? Você pode ter certeza de receber o meu R.S.V.P.

Esfrega-esfrega

Chère, estou voltando do bairro francês em Nova Orleans e as coisas mais estranhas começam a fazer sentido. Eu senti apenas um gostinho da cidade durante o fim de semana que passei lá, mas foi também um dos mais doces.

Oficialmente, fui à Louisiana para a Convenção de Livreiros Norte-Americanos (ABA), onde o pessoal das livrarias se encontra com todos os editores do mercado. Na época eu trabalhava para a editora Down There, que apresentou o melhor slogan do evento: "Um livro inteiro sobre o quê? *Prazer e saúde anal*".

Extra-oficialmente, o tema da convenção daquele ano era a censura. Eu fiquei estupefata ao ouvir histórias de horror sobre a censura da revista *Penthouse*, de livros de astrologia e de *On our backs*, todas na mesma livraria progressista! O dono chegou um dia de manhã e encontrou sua vitrine pichada com os dizeres: "Essa loja incentiva a violência contra as mulheres." No mesmo dia, à tarde, uma mãe ameaçou processar a loja por "transformar meu filho em um homossexual". Depois, um grupo de "cidadãos preocupados" apareceu, pretensamente querendo que a revista *Penthouse* fosse retirada das prateleiras. Mas, quando inquiridos, revelaram que também queriam que os livros de astrologia, tarô, e religiões orientais fossem igualmente banidos.

O balconista da livraria alegou: "Nossa loja tem um grande estoque de livros sobre espiritualidade; temos até diversas versões da Bíblia."

Os cidadãos preocupados não se comoveram. Responderam: "Só existe *uma* Bíblia."

E para colocar mais água na fervura, uma autora feminista da cidade, que estava com presença confirmada para um evento especial, disse que não compareceria, a não ser que *On our backs* e outros títulos de literatura sexual explícita fossem retirados das prateleiras. Eu aposto que ela também tem só *uma* Bíblia!

Queridas, eu não sabia se vomitava ou se distribuía socos. Aviso a todos os censores que para mim seus esforços cheiram a totalitarismo, e sua aversão à sexualidade explícita nada mais é do que uma máscara para sua própria ignorância e moralidade hipócrita.

Em contraste com a confusão no centro de convenções, Nova Orleans foi um luxuriante banho de erotismo. Lá a sociedade não tem uma ética de trabalho, mas uma ética de prazer. A vida gay é exemplar, embora muitas mulheres tenham vindo se queixar da atmosfera opressora e da segregação racial (nossa, isso quase não acontece na Califórnia). Eu ouvi: "Nesta cidade, sou a única sapatona que usa roupa de couro", "Assim é o sul dos Estados Unidos". O bairro gay está prosperando, mas é muito voltado para dentro, e aquelas que se assumem como homossexuais o fazem porque nunca saem do bairro.

O lado bom desse fenômeno é que a gente sente como se estivesse entrando em uma cidade mágica, dentro da outra. Uma vez por ano, a mágica domina e a homossexualidade reina absoluta. Mardi Gras é o feriado máximo da folia de jogar os gêneros para o alto. Durante o ano todo, a comunidade se prepara para a festa, ou melhor, nunca sai da atmosfera festiva de piqueniques, bingos e serviços religiosos especiais. Nem imagino como alguém consiga trabalhar no meio de tanta festa. Há bares e igrejas gays, que dividem a comunidade entre si. Uma mulher comentou que em Nova Orleans os balconistas de bar servem de exemplo e são os líderes da comunidade gay; na hora eu achei que era gozação, mas depois, pensando bem, achei até que é verdade.

Charlene's é um dos lugares mais conhecidos e tradicionais da cidade, e, na minha opinião, a proprietária, Charlene, foi muito gentil de trazer champanha em um balde de gelo para a inauguração da livraria gay onde eu e duas outras escritoras éramos convidadas especiais.

Em Nova Orleans, a pessoa de quem mais gostei (espero não me meter em encrenca ao dizer isso) foi Brenda Laura, que recentemente assumiu o antigo bar Pinos. Na noite em que a conheci, ela era a anfitriã da festa gay da ABA em sua boate. Estava usando um vestido de seda vermelho, sapatos de salto alto de veludo da mesma cor com pedrarias, e, no pescoço, o pendente de ouro mais deslumbrante que eu já vi. Era uma pequena figura de mulher nua numa balança com um diamante brilhando exatamente no lugar onde estaria o clitóris. É claro que tive de perguntar de onde tinha saído aquela preciosidade. Brenda me perguntou se eu já havia estado em Bourbon Street, que é a avenida do agito onde acontecem diversos shows de *striptease*. Um teatro de revista tem uma fachada onde duas pernas femininas de *papier-maché* se projetam sobre a cabeça dos passantes, através de uma abertura num toldo, tendo som de risadas e de vidro tilintando ao fundo. Essa Vênus num Balanço foi a inspiração do pendente da Sra. Laura. Preciso falar mais alguma coisa?

O melhor lugar em que estive foi o Country Club, uma mansão grande e antiga típica do sul dos Estados Unidos, tomada por parreiras e flores, com um banco de balanço na varanda. Duas salas internas tinham decoração de bar. Em uma delas, revistas de garotos sexy estavam dispostas numa estante, e eu discretamente coloquei junto alguns exemplares de *On our backs*. As outras salas eram para conversar e dançar. Atrás, havia um jardim enorme, com uma piscina bem grande, uma banheira de água quente, armários e uma sala de musculação. Cuidado, ianque, este não é um spa de *yuppies!* Estava dilapidado e tinha o mesmo estilo não convencional de outros locais antigos de Nova Orleans, quente como o inferno e habitado por baratas enormes. Adorei cada minuto que passei lá.

Tive uma aventura apimentada na festa da empresa Harlequin Romance quando, dançando com garotas, descobri que uma delas era assinante da revista *On our backs*. Ela estava lá promovendo o livro *101 utilidades para um ex-marido*. Estamos em toda parte, não há dúvida.

Um executivo da Harlequin Romance se aproximou de mim com o mais recente exemplar da revista nas mãos e perguntou: "O que quer dizer tribadismo?" Que bom que ele perguntou!

Agora eu vou falar um pouco sobre tribadismo, porque muitas de vocês praticam essa antiga atividade safista mas não sabem o significado da palavra. Os adolescentes heterossexuais têm uma palavra especial para isso, que expressa a angústia de não conseguirem levar a cabo sua missão: trepada a seco. Já ouvi alguns gays se referirem à mesma atividade como *frottage*. Mas, para lésbicas, nossos montinhos são feitos para serem esfregados um no outro, e essa delícia é conhecida como tribadismo.

Algumas de nós já leram histórias picantes sobre tribadismo naqueles romances antigos sobre sapatonas. Esse é um trecho de um de meus prediletos, dos anos 60, *Lesbian hell* (Inferno lésbico), de Jane Sherman:

> Betty tinha quadris obedientes. Ela os empurrou ritmicamente contra o meu corpo, até eu quase entrar em delírio. Eu queria que ela esperasse um pouco. Assim ela iria aproveitar mais. Ela estava roçando em mim com aquelas suas ancas hiperativas. Betty era uma garota saudável; como ela gostava de movimentos vigorosos, ela se esfregava com força. "Dê para mim, dê para mim, minha linda", Betty suspirava. Nós estávamos fazendo amor em perfeita harmonia. Eu queria fazer parte dela, e fazer com que ela fizesse parte de mim.

Essa passagem tão lasciva na verdade inclui vários fatos sobre tribadismo. Estar face a face, os corpos inteiros colados, traz uma intimidade que nenhuma outra posição proporciona. No entanto, você pode praticar tribadismo no cóccix de sua parceira, antebraço ou joelho – qualquer parte dela em que seu sexo consiga se posicionar num bom ângulo.

Tribadismo é também um método para atingir clímax simultâneo com sucesso. Como diz o livro, tudo depende do ritmo, e definitivamente é preciso prática para se conseguir esfregação "em perfeita harmonia". Quanta prática é necessária? Num caso de muito tesão, o tempo parece voar, e dá para chegar a essa sincronia dentro de um mês.

Algumas mulheres não atingem o orgasmo dessa maneira porque a atividade não lhes proporciona uma estimulação direta do clitóris, e ainda ficam com os montes pubianos doloridos e roxos na manhã seguinte. Mas há um truque que dribla o problema: use um vibrador entre você e sua parceira. Aqueles pequenos com cabeça em formato de bola de tênis parecem ter sido feitos exatamente para ficar no meio das coxas de lésbicas. Você ainda tem bastante contato direto com o corpo da sua amante, mas é mais fácil de encontrar um ponto comum de estimulação.

Eu tenho uma teoria sobre por que se fala tão pouco a respeito desse assunto. Trata-se de um enlace de corpo inteiro que tem como ponto de partida o abraço, mas se transforma numa técnica erótica. O tribadismo pode ser realizado sem muitas palavras, sem olhar, sentir o gosto ou tocar seus genitais, sem inclusive precisar tirar a roupa. Assim sendo, tem um apelo especial para pessoas que têm vergonha do corpo, das vaginas em particular, e da forma lésbica de fazer amor em geral. Há algo tradicionalmente furtivo sobre tribadismo, como se fosse alguma coisa que você fizesse sem reconhecer que está realmente fazendo S-E-X-O.

Um ponto de vista pós-feminista de encarar esse retraimento é que algumas mulheres sentem culpa com relação ao tribadismo porque ele lembra muito a posição papai-mamãe, e elas ficam tensas com quem está em cima e quem está embaixo, quem é macho e quem é fêmea. Vou reiterar mais uma vez que as únicas pessoas que estão mais preocupadas com sexo de pênis/vagina do que os homens heterossexuais são as lésbicas com complexo de culpa. Pode acreditar em mim, esteja em cima ou embaixo, você vai ter que fazer a sua parte do movimento do mesmo jeito, ou não vai dar certo.

Obviamente, existem inúmeras lésbicas que usam o tribadismo como uma dentre muitas atividades sexuais que apreciam. Não é uma atividade secreta fechada entre quatro paredes por natureza. Na verdade, é muito difícil evitar esfregar o púbis contra o clitóris se você tem uma atividade sexual diversificada. A propósito, pode ser utilizado tanto como técnica sadomasoquista como na prática do dia-a-dia. Leia o resto de *Lesbian hell* e você vai entender.

Eu tenho um último conselho para dar. Uma companheira da Geórgia, lamentando a proibição de vibradores e pênis de silicone naquele estado (a censura voa se você não corta suas asas), escreveu para Good Vibrations contando que toda garota do sul prevenida tem uma pequena plantação de pepinos florescendo no quintal. Não, essas devotas de pepino não estão particularmente interessadas em picles de sabores curiosos. Nós estamos falando de uma coleção sazonal de consolos.

Preste atenção a estas dicas para cultivo de Ellie Mae:

1. Não use sprays no pé de pepino, jamais;
2. Às vezes a casca do pepino que não está maduro pode pro-

duzir um efeito de hera venenosa. Se você for alérgica a essa planta, é muito importante deixar o pepino amadurecer antes de usá-lo;

3. Tome cuidado com pepinos comprados, lave-os muito bem. Eu coloco os pepinos de molho e depois os lavo em água corrente;

4. Deixe o pepino ficar ao sol por um dia para torná-lo flexível. Não o descasque até que esteja pronto para usar!

Obrigada por compartilhar as dicas conosco, irmã. Agora, se vocês me derem licença, vou curtir um pouco de pepino.

Mão na cumbuca

Uma das personagens mais mal-interpretadas do mundo é a lésbica que faz da mão inteira um instrumento de penetração. A introdução de toda a mão na vagina de sua amante é considerada fisicamente impossível por algumas e bizarra para outras. Para as pessoas não iniciadas nos prazeres que as mãos podem proporcionar, eis um convite para estudar esse artigo detalhadamente. Não se envergonhe de sua ignorância sexual, apenas a corrija. Para aquela já veterana em manipulações, pegue seu lubrificante porque vamos nos revelar.

A utilização da mão fechada para penetração, se for necessário fazer uma comparação, é como uma extensão natural de transar com o dedo. Um dia sua vagina pode estar mais faminta do que normalmente, e três dedos não vão ser suficientes. Tampouco quatro ou cinco. Nesse ponto, algumas amantes vão optar por seu pênis de silicone favorito. Mas a desvantagem dele é a falta de contato carnal. Colocar a sua mão fechada na vagina de sua parceira não vai proporcionar a você estimulação direta do clitóris, mas vai provocar uma estimulação hormonal profunda. A intimidade é inacreditável. Você fica literalmente dentro de sua amante; o corpo dela envolve seu punho como um casulo. Você pode sentir todas as vibrações de sua vagina, seu ânus e seu útero – e ela pode sentir cada movimento mínimo que seus dedos fizerem. Se você apenas girar seu pulso, ela vai sentir como se a terra estivesse tremendo dentro dela. Se parece romântico, você tem toda a razão. *Fisting* é incrivelmente romântico.

Se você fica excitada com penetração vaginal, vai gostar desta forma de transar. Mas se a penetração nunca realmente empolgou você, talvez *fisting* a faça mudar de idéia. Se você tem inclinação por orgasmos explosivos, *fisting* é uma viagem sem volta. Se você sempre quis ter uma garota na palma de sua mão – está dada a largada.

Agora que já esclarecemos o princípio do prazer, vamos passar para os mal-entendidos.

Fisting vaginal é uma atividade totalmente diferente do *fisting* anal. O contorno do seu reto e ânus são muito delicados, e apesar de a vagina não ser feita de aço, é muito mais resistente em comparação.

A aflição que sexo anal desperta tem a ver com a possibilidade de um corte ou um arranhão se infeccionar por fezes. Já a vagina apresenta um ambiente completamente diferente. Isso significa que algumas das precauções a serem tomadas com qualquer tipo de penetração anal não são relevantes para a penetração vaginal. Não é preciso cortar e lixar suas unhas para tocar numa vagina. O bom-senso recomenda fechar suas garras, quer você use um dedo, quer cinco. Lave suas mãozinhas como boa garota e, se ficar preocupada com infecção ou dedos melados com a umidade provocada pela xoxota de sua amante, use um par de luvas cirúrgicas. Elas são suficientemente finas para que você possa sentir tudo e vocês duas estarão protegidas.

Um outro mito é de que *fisting* é uma atividade sadomasoquista. Faça-me o favor! Qualquer coisa pode ser erotizada por um toque ou uma atitude s/m, mas simplesmente deitar e ser comida não faz de você uma escrava mais do que comer sua amante faz de você uma dominadora. *Fisting* tem muito mais a ver com bolinação abaixo da cintura do que com chicotadas. Se você sentir dor durante a penetração da mão, *pare*! Você está fazendo errado.

Você está suficientemente lubrificada? Seu grau de lubrificação pode ser complementado por um bom óleo ou gel. Eu nunca ouvi falar de um *fisting* bem-sucedido que não incluísse uma boa dose de seu lubrificante favorito. O seu colo de útero está muito sensível para agüentar um tranco ou uma cutucada? A sensibilidade do colo e do útero variam de acordo com a época do ciclo menstrual e com o grau de excitação sexual.

Para introduzir a mão em sua amante, ela precisa estar excitada e louca para ser penetrada. Quando estiver fisicamente estimulada o suficiente para receber sua mão, sua vagina vai estar dilatada. A parte superior vai inchar como um balão, ao passo que a entrada da vagina vai se alongar e inchar com vasocongestão. Chegou a hora.

Enfie um dedo de cada vez, até os nós. Continue brincando com o clitóris dela, ou bicos dos seios, ou qualquer outro lugar que a deixe com tesão. Agora você está pronta para a passagem crucial dos nós dos dedos pela entrada da vagina. Algumas mulheres vão sentir como se fosse um empurrão lento e firme; outras, como algo repentino. Uma vez dentro, sua mão vai naturalmente se fechar como uma bola para se acomodar ao espaço apertado que você criou.

Algumas mulheres não acreditam que possam ser capazes de acomodar uma mão fechada dentro delas. Eu ouço comentários como: "Só mulheres com vaginas extragrandes podem ser penetradas com a mão", ou "Você precisa ter tido filhos para conseguir". Besteira pura. Vaginas, ao contrário de roupas, não vêm em tamanhos fixos: pequeno, médio e grande. A vagina de toda mulher vem com a capacidade de dar à luz uma criança, que é maior do que qualquer mão com que você tenha a possibilidade de cruzar. Por que então as mulheres têm tantas opiniões diferentes quando o assunto é o tamanho da penetração que podem apreciar?

Existem mulheres cuja abertura vaginal é tão apertada que elas não podem ser nem um pouco penetradas sem que sintam dor. É o chamado *vaginismo*, um termo normalmente usado para situações extremas. Vaginismo é a incapacidade de relaxar os músculos vaginais, que tem sua origem no medo que a mulher tem de ser machucada pela penetração. Não é uma incapacidade física. Se essa mesma mulher for anestesiada, sua abertura vaginal ficará relaxada. Essa reação defensiva de fechamento é uma conseqüência de nosso medo de levar coisas para dentro de nossa xoxotas, bocas e ânus.

Comandar o relaxamento de seus músculos não é tarefa fácil. Primeiro, você tem que se convencer de que não vai se machucar, e aí ter algumas experiências prazerosas que confirmem essa posição. Muitas mulheres já se acomodaram com um determinado tamanho de pênis de silicone ou número de dedos, mas poderiam da mesma maneira se familiarizar com a mão da amante. A experiência de dar à luz não aumenta o tamanho da vagina, simplesmente convence a mãe em trabalho de parto que a vagina tem elasticidade.

Existe também muita apreensão por parte da mulher que está fazendo o *fisting*. "E se eu não conseguir tirar a minha mão?", ela pode perguntar, imaginando que a xoxota da parceira possa agarrar seu punho.

Não tema, Romeu, sua mão verá a luz do dia novamente. O aperto que você sente é a vagina se alongando e inchando, preparando-se para o orgasmo que você poderia sentir com os dedos se já não o estivesse sentindo com o pulso. Ela vai atingir o clímax dentro de instantes agora, e quando gozar você vai sentir cada contração como se fosse sua. Depois a vagina dela vai relaxar e você poderá retirar sua mão facilmente.

Eu tenho uma amiga que teve a experiência única de fazer *fisting* em duas mulheres ao mesmo tempo, uma mão em cada xoxota. Cada uma das mulheres reagiu de forma diferente à penetração, e para uma delas foi bastante dolorido. Como é possível? Só porque você fez *fisting* com sucesso em uma parceira, isso não significa que você tem um guia infalível para todas as mulheres. É muito improvável que mulheres diferentes fiquem igualmente excitadas ao serem penetradas por uma mão inteira, e que a vagina de cada uma se dilate do mesmo modo e ao mesmo tempo. Isso é como se você estivesse tentando encher dois balões para ficarem exatamente do mesmo tamanho. O único caminho para você se tornar uma maravilha do *fisting* duplo é manter cada mão em um ritmo, em harmonia com o tempo de cada mulher. Difícil? Acho que vale a pena tentar.

Crimes contra a natureza

Esqueça os políticos corruptos. Esqueça os terroristas de avião, os assaltantes, os batedores de carteiras e os criminosos psicopatas.

Uma nova onda de crimes está assolando o país e nenhum noticiário local teve a coragem de fazer a cobertura: vandalismo contra brinquedos eróticos. Meu telefone se transformou numa reles linha de reclamações para vítimas histéricas, cujos suportes para pênis de silicone foram roubados, e cujos acessórios de borracha foram mutilados.

Na noite passada uma querida amiga me telefonou para dizer que ela e a namorada tiveram sua viagem ao campo arruinada quando alguém entrou na barraca e levou a sacola preta cheia de artigos eróticos: valia cento e cinqüenta dólares, ela disse, o preço de mercado de um vibrador, pênis de silicone, suporte, e lubrificante.

Minhas amigas fizeram a coisa certa – denunciaram a perda para o guarda-florestal. Seria ele um suspeito? Esses roubos cruéis não costumam ser relatados e o problema não vai desaparecer se continuar em segredo.

O meu conselho? Particularmente em grandes parques nacionais como o Grand Canyon e Yellowstone, mantenha seu pênis de silicone sempre amarrado em você, e o vibrador preso ao cantil ou à mochila. Você poderá se divertir mais na floresta e não vai ter que se preocupar se alguém está roubando a sua barraca.

Já ouvi falar de um outro tipo de vandalismo contra engenhocas eróticas, normalmente cometido por alguém que você conhece muito bem – como uma ex ou uma candidata a ex-amante. Eu queria que levantassem as mãos as mulheres que já assistiram horrorizadas à sua namorada pegar uma faca de carne e cortar seu pinto de borracha em mil pedacinhos. Ou, pior ainda, descobrir que ela cometeu o crime às escondidas e enfiou os restos mortais na sua fronha ou em seus sapatos. É o tipo de coisa que parece muito engraçado, mas, se você levar em conta o preço que se paga por esses objetos, a graça se esvai rapidamente.

Em primeiro lugar, a namorada que teve a coragem de entrar em uma *sex-shop* decadente para comprar o artigo precioso normalmente não é a que destrói o brinquedo. É comum entre muitos casais que uma parceira fique no carro roendo as unhas enquanto a outra tente dar a impressão de que sabe o que está fazendo ao entrar trepidante em uma loja Ponto G.

Não há razão para você não conhecer as novidades à disposição na loja mais próxima. A vendedora da Erotic Shop não é mais ameaçadora que uma vendedora do Mappin, e ninguém vai passar uma cantada em você.

Os clientes do sexo masculino têm muito mais medo de você do que você deles. Observe como eles saem do seu caminho quando você se dirige para as pinças de bico de seio. É uma demonstração de poder assustadora. Eu não entendo como os homens podem ser tão mal-educados no ponto de ônibus e depois ficarem totalmente sem graça numa loja de artigos eróticos, mas é assim que as coisa são.

Vamos voltar ao problema de relacionamento, que culmina com a destruição de pênis de silicone. Impedir essa destruição tão dispendiosa requer mais sensibilidade e imaginação do que evitar roubos durante as férias.

Antes de mais nada, verifique se sua namorada alimenta um desejo reprimido de despedaçar um pênis de silicone. Essa ânsia é uma vontade que todo mundo tem, como espalhar creme chantilly por todo canto, ou pular do trampolim mais alto. É perfeitamente legítimo ter esse anseio, mas não espere uma crise histérica para expressá-lo. Vá hoje mesmo comprar um daqueles pênis de plástico de oito dólares e, na próxima vez que quiser externar o intenso ódio de seu patrão, seu pai ou do imposto de renda, tire o Mr. Macho da gaveta e mostre à borracha para que ela serve. Você vai economizar uma sessão de terapia cara e desnecessária.

Os brinquedos íntimos de que você mais gosta, no entanto, merecem o mesmo respeito com que você trata um vestido de noite de lamê dourado, ou uma motocicleta nova. Algumas de vocês, garotas casadas ou semicasadas, estão procurando encrenca ao compartilhar o pênis de silicone com uma terceira pessoa.

No mínimo, você deveria estar usando camisinha, se você se preocupa com a saúde de suas companheiras ou com a sua própria. Se você acha que existe a chance de reações de ciúme, deixe o pênis de silicone do casamento em casa e compre um extra para circular.

E falando em compras, já vi muitos casais de lésbicas entrarem na Good Vibrations recém saídas da seção de jóias e de cama-e-mesa das lojas de departamento para tomar juntas aquela decisão tão íntima: será que a gente deve levar da cor da pele ou lilás?

Entre seis meses e um ano depois, metade do casal volta, em geral com um novo corte de cabelo, mas sempre reconhecível para meus olhos observadores. Ela admite com um suspiro ou um resmungo que a outra metade fugiu da gaiola, levando consigo o pênis de silicone, o plugue anal e as penas de avestruz coloridas.

O que dizer nesses casos a não ser *c'est la vie*? Enquanto algumas mulheres mais precavidas ou experientes decidem logo de cara a quem os brinquedos pertencem, outras acabam adotando uma atitude filosófica com relação a novos romances só depois de alguns prejuízos (por favor, passe o lenço de papel).

Se fôssemos todas ricas, poderíamos pagar o preço de ser mais impulsivas, mas a lésbica de classe média que tenta passar por *yuppie* com uma renda apertada faria melhor se guardasse consigo aquele cartão de crédito na primeira explosão de desejo. Você não vai querer pagar dez por cento de juros por aquele pênis de silicone que foi embora.

Máscaras de borracha

Quando eu começo a falar sobre sexo seguro, a maioria das lésbicas faz uma cara como se alguém tivesse colocado um prato cheio de espinafre frio na frente delas. Eu tenho um ponto de vista muito diferente sobre sexo seguro: para mim é o início de uma variedade sexual que vai durar muito mais do que a epidemia de Aids. Afinal de contas, se você aprende um novo jeito de ficar excitada e gozar como nunca, você não vai recusar o método novo só porque alguém descobriu uma vacina.

Parte do sexo que temos praticado esse tempo todo é "seguro": tribadismo e vibradores, por exemplo. Mas eu gostaria de falar da essência dos mais malcompreendidos acessórios sexuais: camisinhas, luvas de borracha e preservativos faciais.

Camisinhas são o artigo de maior utilidade desde a invenção dos copinhos plásticos descartáveis. Qualquer uma que tenha compartilhado um pênis de silicone ou um vibrador sabe como é fácil pegar fungos, sem falar de herpes ou Aids. Normalmente, levantamos da cama e lavamos nossos brinquedos antes de usá-los novamente. Mas você pode guardar camisinhas no criado-mudo, perto do lubrificante, e colocar uma no seu queridinho de borracha na hora H. Quando você quiser introduzir o brinquedo em outro orifício, basta tirar a camisinha e colocar outra no lugar. Sem sujeira, sem trabalho, sem sair da cama, e sem ter de ferver os pênis de silicone em sua panela de macarrão.

Quando fiz uma demonstração de luvas de borracha em Denver, algumas mulheres do público ficaram vermelhas de vergonha assim que coloquei uma na mão. Obviamente, elas já tinham passado pela experiência deliciosa, suave e lisa de terem sido penetradas por uma mão com luva. A consistência da borracha permite que a usuária sinta todas as variações de calor e umidade e a receptora usufrua da pressão sem arranhões e pontas. Quando uso látex para penetração com o dedo ou a mão, fico admirada de ver que minha mão está seca quando a tiro da luva – a umidade parecia tão próxima. O que eu mais adoro, como uma roedora de unhas crônica, é que as secreções da minha namorada não ardem mais em meus dedos. Acabaram-se os dedos melados! Não preciso nem dizer que vou sempre usar luvas de borracha.

Agora a questão que deixa todo mundo ouriçado: preservativos de borracha para a boca. Vou agora colocar os pingos nos is de uma vez por todas. Preservativos faciais são ótimos porque não interferem com o orgasmo tradicional (o bom e velho sexo oral) e permitem a você experimentar delícias que jamais imaginou, graças a esse quadradinho de dez por treze centímetros de satisfação sexual.

Existem dois tipos de produto: nas *sex-shops*, você encontra máscaras e quadrados de látex, às vezes com sabores variados. As primeiras são para prender no rosto, e têm a vantagem de deixar as mãos livres. Os quadrados são para colocar por cima do lugar que você deseja lamber, precisando só tomar cuidado para não virar a barreira sem querer. Você pode também comprar máscaras em lojas de artigos para dentistas.

A técnica *gourmet* número um é uma sucção a vácuo do clitóris. Estique a película sobre o clitóris de sua namorada. Tateie com a língua até que você consiga sentir a cabeça do clitóris e a pele que o envolve. Agora passeie com sua língua em volta dessa área pequena e sugue uma bola minúscula de borracha (como aquelas bolinhas que se pode fazer com pedaços de bexiga estourada). Isso vai criar um pequeno efeito de vácuo no clitóris. Você pode sugar bolas por todo lugar, mas como sou fã de estimulação direta, gosto mais da bolinha no clitóris.

O segredo desses preservativos é o efeito liberador que têm também para o sexo anal. Com um deles bem posicionado, você pode lamber todos os orifícios com a mesma segurança que normalmente reserva para beijar bebês.

É interessante que os manuais sexuais típicos sempre recomendem enemas e limpeza criteriosa antes de *analingus*. Mas na vida real, pré-Aids, a maioria das pessoas evitava a possibilidade de comer cocô ao jamais aproximar a boca de qualquer ânus, ou se resignava e corria um pequeno risco, desfrutando dos benefícios daquela passada de língua suave e quente pela qual todos os ânus anseiam. Hoje em dia, com a perspectiva mais assustadora da Aids, muita gente excluiu o ato de lamber de seu repertório, a não ser as que estão num relacionamento monógamo duradouro.

Adote o preservativo facial. Com eles você pode pular o banho longo e demorado, esquecer a lavagem intestinal, deixar de lado a monogamia e simplesmente jogar suas inibições no lixo. Com um quadrado de borracha sobre o ânus de sua namorada, você pode lamber, mordiscar, e tatear até seu coração dizer chega.

Eu guardei a melhor parte para o final.

Desde quando eu estava no jardim da infância da educação sexual, sempre me avisaram para nunca passar a língua no ânus e depois na vagina por causa dos riscos de infecção. Era super proibido. Não podia fazer de jeito nenhum. Como boa menina que era, adaptei meus hábitos sexuais para evitar esse tabu duplo.

Mas agora imagine o seguinte: com um preservativo facial esticado do ânus até a vagina, você pode despreocupadamente dar uma grande lambida de cima a baixo, sem medo. É demais! É inacreditável que a gente consiga fazer isso sem conseqüências! Não dá nem para acreditar que esse é o chamado sexo seguro!

Sim, existe o lado positivo da epidemia de doenças sexualmente transmissíveis, e também vem com sabor de menta. Viva o látex!

Fisting parte dois, o retorno

Ah, sodomia... Não pense que é uma coisa fácil só porque a gente é gay. Todo mundo tateia e tropeça, vê filmes de sacanagem buscando dicas, mas existe um monte de coisas sobre sexo entre mulheres que nunca são faladas. Recentemente, tive o prazer de dirigir um *workshop* prático para lésbicas sobre penetração de mão, em Seattle, durante o encontro Living In Leather (Vestindo Couro).

Um assunto tão escandaloso exigiu um pouco de trabalho extra. LaMar, uma tatuadora de Seattle, prometeu que arranjaria uma mesa ginecológica de verdade. Eu coloquei um anúncio classificado no jornal *Seattle Gay News* recrutando "voluntárias vaginalmente capacitadas" para participar. Recebi vários trotes, mas uma ligação foi um oásis no meio do deserto. Uma mulher chamada Donna disse que ela e a namorada eram apreciadoras de *fisting* e aceitariam com prazer ser minhas cobaias.

Eu estava ansiosa para encontrar Donna pessoalmente. Queria fazer um ensaio rápido e particular com ela antes do grande dia, mas não sabia como pedir. "Por favor, será que daria para a gente fazer uma vez em particular, para garantir que eu vou conseguir colocar e tirar a minha mão da sua boceta?"

No meu melhor estilo Susie Sexpert, sugeri que conversássemos um pouco sobre alguns detalhes antes, o que provou ser de um valor inestimável. Diferentemente de algumas mulheres, que preferem movimentos da mão apertando e desapertando, Donna preferia movimentos de massagem circular. Ela me mostrou em que lugar da luva eu precisava colocar lubrificação extra. Quando chegamos ao assunto de um ensaio, sugeri que ela trouxesse a namorada, Carrie, para ficar dando apoio ao lado da cama. Correu tudo perfeitamente.

Na tarde seguinte, sessenta mulheres se amontoaram numa sala sem ventilação para o *workshop* de *fisting*. A tensão era tamanha que dava para senti-la no ar. Primeiro eu fiz circular minhas luvas de borracha, camisinhas e máscaras, falando um pouco sobre técnicas de sexo seguro. Luvas de borracha ou vinil são muito melhores para a penetração do que mãos nuas. É mais fácil lubrificá-las e proporcionam uma superfície mais lisa para a entrada.

Eu perguntei quem na sala já tinha lido meu artigo sobre *fisting* e, para minha surpresa, todas as mulheres levantaram as mãos. Eu expliquei que queria saber sobre a experiência, com todos os detalhes, sobre penetração da mão inteira. Por que gostamos disso? Por que às vezes machuca? Quais são os efeitos de remédios, cirurgia e outros problemas de saúde? Existe ansiedade a respeito de desempenho em *fisting*? A penetração da mão inteira sempre leva ao orgasmo?

Algumas mulheres se queixaram de que as parceiras com quem tinham feito *fisting* queriam ser penetradas com muita força, e elas ficavam preocupadas com a possibilidade de as machucar.

Quando pareceu termos chegado a um consenso contra trepadas violentas, uma alma corajosa falou: "Eu gosto que uma mão penetre em mim com força. Eu gosto de sentir um tranco no colo do útero. Algumas vezes eu sangro no dia seguinte, e costumava me preocupar se estava me machucando, mas nunca tive nenhum outro sintoma."

Seguiu-se um silêncio. Isso é simplesmente uma coisa que você não ousa perguntar ao seu médico, não só porque você fica constrangida, mas porque o médico não sabe porcaria nenhuma sobre o assunto. Cada uma disse o que sabia sobre a sensibilidade do colo do útero. Uma batida ou uma pressão forte não necessariamente machucam, mas cutucar ou perfurar a entrada do colo do útero (o orifício) é perigoso, e obviamente não é o objetivo do *fisting*.

Uma outra mulher comentou que o risco não é obrigatoriamente de quem *recebe*, mas também de quem *faz*. Uma vez, sua namorada teve um orgasmo enquanto ela estava com a mão em concha dentro dela, e as contrações quebraram um ossinho de sua mão! Sua experiência rendeu uma série de dicas sobre como retirar a mão às pressas da xoxota de uma parceira quando for pega num vácuo. Os métodos incluem uma pressão delicada na parte baixa do abdômen, ou o uso de um dedo da mão livre para abrir um pouco a vagina, assim desfazendo a sucção. Meramente relaxar até que os músculos dela se soltem é o método mais simples. Não entre em pânico, ou você vai passar por um período difícil tentando explicar por que está usando uma tala na mão.

Passamos para o assunto orgasmo. Minha experiência com penetração da mão inteira é que algumas vezes sinto como se estivesse num sonho, numa meditação, mas não tenho uma sensação tão intensa que leve ao orgasmo. É uma emoção tão poderosa que quase me sacia, e de vez em quando eu me surpreendo por acabar gozando no final.

Outras lésbicas no *workshop* disseram que sentiam a mesma coisa. A conversa acabou se transformando numa discussão sobre orgasmos. Descobrimos que o fato de você não se direcionar só para o orgasmo não significa que você não está ávida para atingir outras metas.

Foram contadas muitas outras histórias: mulheres que não conseguem se deixar penetrar e se sentem humilhadas por permanecerem fechadas, e outras cujas namoradas se queixam de que elas não tentam penetrá-las o suficiente, porque sentem que vão machucar a parceira se forçarem (o que é verdade). É horrível quando praticar *fisting* se torna uma prova de desejo que você tem que demonstrar para alguém, da mesma forma como muitas nos sentimos obrigadas a gozar "da maneira certa, na hora certa" para provar que sabemos fazer sexo. Esse tipo de atitude é paralisante!

Finalmente, uma mulher disse: "Eu sou estreita e com muito orgulho. Nunca fui penetrada com a mão, mas gosto muito de trepar, e se alguma vez acontecer, tudo bem. Eu não vou perder o sono por causa disso. Eu também gosto de penetrar minhas amantes com a mão inteira, que é o motivo pelo qual estou aqui hoje."

Era hora de trazer a mesa ginecológica. Donna subiu na mesa, sem um lençol hospitalar, e Carrie se acomodou do seu lado esquerdo. Passei o resto de lubrificante (solúvel em água) na palma da minha mão enluvada e, de nervoso, sem querer sacudi a mão, espirrando metade no público. Comecei a brincar com a parte externa da xoxota de Donna, contando para todas o que havíamos conversado na noite anterior e como era útil ter uma conversa explícita antes de passar à ação. Logo tinha enfiado todos os meus dedos e o polegar até os nós dentro dela. Com um movimento rápido penetrei até o meu pulso.

Subitamente interrompi a palestra e percebi que a sala estava hiperabafada: os rostos vermelhos de calor, silêncio onde antes reinava uma conversa constante, todos os olhos atentos observando minha mão se movimentando para dentro e para fora. Acho que se tivesse continuado mais um pouco, teríamos tido uma orgia ou, o mais provável, teríamos ficado com falta de oxigênio.

"Eu vou tirar agora, tudo bem? Será que alguém poderia abrir a porta antes que nós todas desmaiemos?"

Donna se levantou, e nós batemos palmas umas para as outras. Eu comecei a juntar meus utensílios de borracha. Foi difícil ir embora. Mulheres não paravam de vir falar comigo, para contar que esse tinha sido o melhor evento lésbico de que tinham participado. Senti a mesma coisa.

"Do que especificamente vocês gostaram tanto?", perguntei.

Quem deu a resposta foi Lainie, uma das facilitadoras da conferência: "O que eu mais gostei foi ver uma lésbica de verdade mostrar uma penetração real." Isso resume a questão. Fiquei contente de ver que o *fisting*, a mais secreta de nossas atividades, está trazendo a público questões sexuais em que as lésbicas são especialistas.

Viva Las Vegas

Meu dossiê sobre a Rede Secreta de Estrelas Pornô Lésbicas está enorme depois de três dias de convenção em Las Vegas.

Como? Você nunca ouviu falar de uma Rede Secreta de Estrelas Pornô Lésbicas? Talvez porque essa associação seja tão secreta que a maioria dos participantes achem ingenuamente que estão visitando uma exposição de Lazer para Adultos na Convenção dos Consumidores de Produtos Eletrônicos, uma mostra de engenhocas e softwares para varejistas que acontece bienalmete em Chicago e Las Vegas. Qualquer pessoa que trabalhe numa loja de cds ou locadora de vídeos pode participar. Elas nem imaginam que, quando entram na fila para o autógrafo de alguma estrela pornô, seu marketing de voyeurismo heterossexual não tem nada a ver com seu gosto pessoal.

É aqui onde entra a estrela pornô secretamente sapa.

Até já imagino as manchetes: "Mundo pornô: linha de batalha homossexual." Lésbicas e bissexuais são definitivamente os mais presentes no ramo de filmes eróticos. Em verdadeiro estilo hollywoodiano, as pessoas aceitam se você declara uma inclinação para os dois lados, mas é o Grande Mundo Enrustido quando se trata de revelar a preferência por mulheres. Apesar de muitas artistas terem me confidenciado que são leitoras fiéis de *On our backs*, só duas estrelas que eu conheço saíram do armário: Debi Sundahl, a editora de *On our backs*, e Chris Cassidy, uma ex-rainha de filmes pornográficos que produziu e estrelou seu próprio vídeo lésbico, *Erotic in nature* (Erótica por natureza).

Parte-se do princípio de que os fãs morreriam de desgosto se soubessem que as atrizes mais famosas no mundo pornô são sapatonas. Prefiro pensar que eles ficariam excitados e agradeceriam a informação. Numa indústria em que todos são tão liberados sexualmente, existe um padrão duplo perverso. Os homens das empresas de vídeo com quem eu mantenho contato respeitam as artistas que eles percebem serem gays, mas se qualquer uma delas dissesse: "Sim, sou lésbica com muito orgulho," ela carregaria o fardo de ser a primeira a trazer os ventos da libertação gay para o ramo. Fachadas ruiriam e cruzes seriam queimadas. Em outras palavras, é a mesma velha discriminação que enfrentamos em todos os cantos do mundo, com uma pequeno toque a mais de hipocrisia.

Esse medo de "o que as mulheres estão aprontando" floresceu na feira de exposições mais recente, com a divulgação da formação de um novo grupo de apoio para estrelas chamado Pink Ladies Social Club (Clube Social das Damas Cor-de-Rosa).

O PLSC começou nesse inverno, em Los Angeles, para mulheres ligadas a filmes eróticos que querem abertamente fornecer apoio, educação e assistência entre si, assim como trabalhar juntas em alguns projetos especiais de performances. O PLSC é tão novo que é difícil dizer o que irá acontecer, mas a reação inicial dos homens do meio foi de pura histeria machista. O grande medo era "que-saco-elas-vão-querer-fundar-um-sindicato", mas como essa é uma associação só de mulheres, o boato foi acrescido da paranóia de que se tratava de algum tipo de conspiração radical feminista. Uma das cor-de-rosa me confidenciou que "por mim, podemos nos reunir só para transar". Afinal, o que é um clube sem vida social?

O PLSC é um grupo misto, mas sem dúvida trata-se de um lugar para mulheres se sentirem à vontade com a sua bissexualidade ou seu lesbianismo. Essa é a idéia revolucionária. Artistas lésbicas do meio pornô não se sentem bem-vindas na comunidade lésbica...

A primeira vez em que ouvi uma fofoca sobre uma estrela pornô lésbica foi em 1980. Circulou um boato de que Tigr, antiga membra de uma panelinha lésbica que eu freqüentava, estava fazendo filmes pornográficos, e o que todo mundo queria saber era: "É verdade que ela está chupando pau? E ela está gostando?"

Uma pergunta tão grosseira a meu ver revela a essência dos medos das lésbicas e seu desconhecimento da pornografia hétero. A resposta é sim, elas realmente chupam e trepam, e como resposta para a segunda pergunta, o que "gostar" tem a ver com isso? As artistas pornô não se excitam com a nudez e os genitais masculinos, nem com os músculos bem torneados. Considero a atitude delas reconfortante. Algumas mulheres se orgulham de saber fazer uma chupada parecer ótima na tela, e outras mantêm relacionamentos com seus coadjuvantes masculinos. Outras ainda detestam pinto depois que as filmagens acabam.

No caso de Tigr, depois que eu ouvi a fofoca, claro que fui direto procurar o filme em que ela participava, *A thousand and one erotic nights* (As mil e uma noites eróticas). Imediatamente dei um *close* numa cena de Tigr com outra mulher. Suas unhas estavam curtas, bem lixadas e sem esmalte. Ela foi direto em busca do ponto G da pobre coitada, que quase teve um ataque quando percebeu que aquela não era uma trepada hétero normal. Se você quer saber quem é lésbica de verdade nos filmes eróticos, observe suas mãos.

Shows de *strippers* lésbicas, que surgiram quatro anos atrás em São Francisco, são os lugares mais liberados para estrelas eróticas. Caso você não tenha visto o documentário em vídeo BurLezk, deixe-me explicar. Todas as semanas, durante dois anos, apresentamos um show erótico lésbico em bares gays da cidade, com muitas dançarinas profissionais de boates do centro. Essas mulheres, que são tão *blasé* em seus trabalhos "héteros", ficam nervosas como noivas virgens quando se apresentam no bar BurLezk.

O segredo que elas prefeririam morrer a contar para um grupo de sapatonas – "Eu sou uma *stripper*" – rapidamente as transforma em alvos prediletos de cantadas no circuito gay. Em vez de serem vistas como confusas ou depravadas, as *strippers* gays ganham uma mais do que merecida fama por causa de sua coragem, talento e sofisticação sexual.

Quando saí do armário, nos anos 70, acreditava-se que qualquer mulher que se importasse de verdade com as outras mulheres poderia ser lésbica. Você não podia transar com homens, é claro, mas você também não precisava transar com mulheres. E com certeza ninguém falava sobre o assunto quando o fazia. Quando entramos nos anos 80, sedentas por ter nosso erotismo reconhecido, as palavras de boas vindas no capacho de entrada mudaram para: "Lésbicas, antes de tudo, fazem sexo umas com as outras." E agora, ao reconhecer que as lésbicas fazem parte do comércio do sexo, a interpretação da preferência sexual tem mais a ver com "preferência" do que com um ato sexual isolado. Mulheres que preferem mulheres, mesmo sendo sexualmente ativas com homens por dinheiro, amizade ou esporte, são de fato taradas quando comparadas com o resto do mundo gay ou hétero, mas certamente podem ser identificadas como mulheres sexualmente rebeldes, que se alinham com a facção gay.

Que pensamentos nobres! A verdadeira pergunta é: Com que estrela pornô eu mais gostaria de ficar perdida numa ilha deserta? Sharon Mitchell, Erica Boyer, Juliet Anderson, Georgina Spelvin, Seka, Angel Kelly, Porsche Lynn, Cara Lott, Barbara Dare, Bionca... Ah, é muito difícil decidir. Todas elas são *femmes* ousadas, mas a verdade é que eu prefiro as *butchs*. Como elas estão em falta no mercado pornô, por um instante em Las Vegas eu quase perdi a cabeça e pensei que tinha virado uma *butch*!

Assim é a vida quando dois mundos injustamente apartados colidem. Talvez a gente comece a se chocar mutuamente com maior freqüência.

Louca por máquinas

Será que existe uma coisa chamada *nerd* sexual? Eu mesma acho que sou uma: adoro uma maquininha, desde as mais simples até as mais sofisticadas. Quando trabalhava na Good Vibrations, uma das partes mais interessantes do trabalho era conhecer um ou outro inventor que vinha até a loja demonstrar um modelo melhorado de provocador de orgasmo.

Assim eu fui apresentada ao vibrador que se acopla ao aparelho de som: ele capta o grave e em princípio vibra junto com a música. Infelizmente, é movido a pilha, mal conseguindo zumbir mesmo que você coloque o maior rock pauleira. Outra grande idéia que nunca vingou.

Um cara que eu conheci do mesmo modo foi Leonard Ginsberg, o criador de uma caixinha preta chamada O Máximo. Você liga essa caixa na tomada e depois liga seu vibrador nela. Quando liga seu brinquedo, em vez da velocidade normal, você obtém uma pulsação como se acendesse e apagasse uma lâmpada bem rápido. A pulsação faz você sentir como se o dispositivo tivesse vontade própria, acrescentando ao seus movimentos de sempre um pouco de imprevisibilidade e muito mais prazer.

Eu coleciono pênis de silicone dos mais variados tipos. Fiz uma descoberta, há alguns anos, quando recebi um folheto de Kansas City anunciando "o design mais perfeitamente natural, a Jóia de Família". A fotografia anexa mostrava três diferentes matizes de pênis de plástico meticulosamente detalhados. Good Vibrations encomendou uma amostra mas eu não esperava grande coisa, apesar das afirmações exageradas do fabricante.

Quando abri a encomenda, dei um grito de susto. Pensei que algum louco tinha nos mandado um cadáver. O pênis de silicone era tão real que podia participar de uma feira de ciências. A única coisa não natural, que os clientes masculinos mencionam de maneira persistente, é que o "pequeno" é gigantesco e o "grande" é sem sombra de dúvida tamanho família. Mas lésbicas podem aproveitar o tamanho sem ter que levar para o campo pessoal, não é mesmo, meninas?

Senti-me na obrigação de levar uma Jóia para a minha namorada, para ver o que ela tinha a dizer. Ela descobriu que encaixava perfeitamente entre o terceiro e o quarto botão de seu jeans (eu sabia que aquele saco escrotal de plástico tinha de servir para alguma coisa!). Era bem agradável, mais firme do que os pênis de silicone comuns, mas muito mais flexível do que aqueles monstros de plástico duro que você encontra em *sex-shops* populares.

Só tem um pequeno problema: se você enfeita sua namorada com o branco, o mulato ou a versão negra, alguma coisa da coloração do produto não combina bem com a vagina de uma mulher. Nós percebemos depois de aproximadamente um mês de brincadeiras sexuais que nossa Jóia de Família estava parecendo uma Família Leprosa. Quando a cor desbota, dá enjôo de olhar. O que fazer? Outros clientes também reclamaram. Os fabricantes da Jóia de Família garantiram que o pigmento não era tóxico, mas minha saúde não era o problema – a aparência era uma agressão para os olhos!

Eu já mencionei antes que as técnicas de sexo seguro foram a melhor coisa que me aconteceram desde que desci pelo cano de um trepa-trepa, e esse problema recente revelou-se um exemplo ilustrativo. Comecei a usar camisinha em todos os meus pênis de silicone para não ter que constantemente lhes dar banho de espuma e percebi que a Jóia de Família com camisinha foi uma combinação imbatível. Meu mulato não descora mais.

Eu não posso deixar de falar sobre sexo seguro sem mencionar a nova invenção maravilhosa de Stormy Leather (Couro Selvagem), O Danado, que eles se inspiraram para criar depois de ler sobre o meu tesão por borracha. O Danado é uma espécie de suporte que mantém o preservativo quadrado no lugar, liberando as mãos para outras atividades.

No mês passado, dei uma palestra sobre sexo seguro na noite de erotismo feminino em um centro de mulheres em Santa Cruz, como parte de uma campanha para levantar fundos contra a Aids. Já dei muitos seminários sobre sexo seguro para grupos pequenos e salas de aula. Mas naquela noite, quando pisei no palco com minha maleta preta de vamos-brincar-de-médico diante de quatrocentas pessoas, percebi que estava na hora de dar um show. Joguei preservativos faciais com gosto de chocolate e menta para o auditório. Convidei-as a chupar meus dedos com luvas de borracha. Contei todas as coisas picantes que já havia feito com látex.

Finalmente, pedi uma voluntária para demonstrar o uso do Danado. Uma lésbica de cabelos grisalhos subiu ao palco antes que eu terminasse a frase. Por sorte, ela era do tamanho ideal – a tira se ajustou ao seu jeans como se fosse feita de encomenda.

"Abra suas pernas", disse a ela sem que sequer tivéssemos nos apresentado. Afinal de contas, era uma demonstração.

"E é assim que eu a lamberia", disse para a multidão, ajoelhando no chão, espero que com elegância, e colocando a cabeça no meio de suas coxas. Pressionei meu rosto contra o látex mas não me demorei. Afinal, não podia deixar que ela, uma mera voluntária, enfrentasse a multidão selvagem gritando. Santa Cruz entrou em histeria coletiva, e eu atribui o fato à repressão sexual que essa cidade vem sofrendo desde os anos 60.

Meu show terminou. Desejando a todas uma boa noite, deixei o palco e dei de cara com um grupo em delírio nos bastidores.

"Você sabe quem era aquela com quem você fez a demonstração?"

"Não. Por quê, ela é famosa?"

"Ela é a pastora luterana do campus da universidade!", gritaram.

Essa é Santa Cruz – uma cidade com uma faculdade feminista psicodélica, onde tinha gente saindo pelo ladrão para assistir à Noite de Erotismo Feminino e onde a única livraria com livros gays não vende a revista erótica *On our backs* porque acham que "é violência contra as mulheres".

Com toda a franqueza, meus preservativos faciais nunca machucaram ninguém e podem até salvar vidas. A pastora garante que é verdade.

Drag por um dia

Há nove anos vou à Parada Gay de São Francisco, mas sempre como espectadora, nunca desfilando. A idéia de ficar presa a um grupo de Liberação Lésbica Já, e assim perder todas as bandas, fantasias, Pais Gays, Advogadas Lésbicas e Andróginos Espetaculares sempre me pareceu difícil. Em 1987, eu quase cedi e entrei para o Time do Treino de Chicotada de Precisão. Mas só observar o grupo desfilar estalando seus chicotes e flagrar os espectadores boquiabertos – que não sabiam se riam, gritavam ou gozavam nas calças – foi muito melhor.

Este ano, um mês antes da parada, minha namorada Honey Lee estava babando em cima de sua nova moto BMW. "Eu vou participar das Lésbicas Motoqueiras este ano. Quer ir de carona?"

O convite me deixou irrequieta e alvoroçada. As Lésbicas Motoqueiras abrem a parada todo ano, e costumam ser as mulheres mais tesudas na avenida. Por outro lado, quem quer ser levada numa moto, um enfeite na garupa, perdendo o resto da folia?

"Está bem", respondi. "Vou com você nos primeiros quarteirões, depois desmonto para assistir os outros."

Naquela manhã, Honey Lee foi até o colégio onde as Lésbicas Motoqueiras sempre se reúnem. Fiquei caprichando no meu visual, vestindo todas as peças de couro que pude achar no apartamento. Meu traje consistia de luvas de couro até os braços e leggings apertados que, junto com o sutiã pontudo de meu vestido curtíssimo, me faziam parecer a Mulher-Gato Pronta para o Ataque.

Uma das minhas horas prediletas no Dia Gay é ir até a parada. Muitos dos participantes que moram na cidade se utilizam de transportes públicos para chegar ao lugar. Por exemplo, no meu ponto de bonde havia quinze pessoas gays encantadoras esperando para entrar no veículo, que já estava repleto de homossexuais alegres e um ou dois héteros perplexos.

Uma das razões pelas quais fico exasperada com pessoas que nunca participaram da Parada Gay de São Francisco é que elas nunca sentiram como é *tomar conta de uma cidade inteira* para comemorar. O mundo todo vira de cabeça para baixo, e os heterossexuais, que de hábito nos oprimem, ignoram e imaginam sabe-se lá o que sobre nós, são subitamente levados pela correnteza humana. Dá para ver na cara deles o que estão pensando: "Há alguma coisa de errado comigo? Por que eu não sou gay? Como eles podem ser tão felizes?"

Nós somos felizes porque é isso que a liberação sexual faz por você, amigo!

Mas, de volta ao pátio do colégio. Minha carona estava me esperando no fim da fila, de maneira que eu subi na garupa e retoquei meu batom no espelho lateral. Enfeites Mundiais da Garupa, univos! Eu percebi que ia ser uma delícia.

Assim que entramos na avenida, a multidão começou a gritar. Sorri para o público de um lado, e a ovação foi geral. Flashes de máquinas fotográficas espocavam às dúzias. Bem, se estavam me fotografando por um sorriso, decidi levantar minhas pernas cobertas em couro e abaixar meu bustiê ao máximo.

Que reação! De repente percebi que dentro de cada Lésbica Motoqueira habita uma biba louca exibicionista. A multidão tratava cada uma de nós como se fôssemos heroínas voltando da guerra. Experimentei um aceno *a la* princesa Diana. Dei uma encoxada na minha namorada por trás. Cada gesto de minha parte arrancava outra rodada de aplausos. Nunca tinha experimentado tanta glória desde que interpretei Cachinhos Dourados no jardim da infância.

Quando as motos chegam ao final de seu trajeto, estacionam em fila tripla ao longo de um quarteirão. Aí a paquera mais séria começa. Garotas ficam circulando com máquinas fotográficas e verdadeiros fichários para números telefônicos. Afastei-me de minha namorada por alguns instantes para avaliar a multidão. Quando olhei de novo para ver como ela estava se saindo, uma sapatona alta de cabelos grisalhos estava se inclinando para acender o cigarro dela.

Acho que nunca antes havia assistido uma estranha dar em cima da minha namorada. Fiquei arrepiada.

Tudo bem, já estava na hora de parar de zanzar e arranjar casamentos e voltar para a barraca da revista *On our backs*, onde a gente pretendia vender duas mil cópias da edição mais recente, mais uma meia dúzia de *buttons* NASCI PARA TREPAR. Dirigi-me à nossa bandeira rosa e preta ondulando na frente da fonte da Prefeitura.

Deixar o burburinho das Lésbicas Motoqueiras foi um pouco como sair de uma orgia – aquela ressaca pós-coito. Eu era apenas mais uma homossexual num mar de 260.000 outros. Mas no meio da depressão, percebi um grupo de foliões exaltados apontando na minha direção e gritando. Não consegui reconhecê-los a uma distância de dez metros, mas obviamente devia ser um outro grupo de fãs – deixa comigo que eu dou conta! Fomos nos aproximando como em um comercial de spray para cabelos. Quanto mais perto chegávamos... mais estranho parecia.

"É uma garota!", um deles falou sobressaltado.

"Quer que eu mostre?", respondi.

Já passei por isso antes. Com mais de um metro e oitenta de salto alto, sou freqüentemente confundida com *drags* em bares de garotos e em lugares onde não importa o sexo e sim o gênero. Mas para o inferno com o erro. Eu fui a mais perfeita biba da Parada Gay.

Invasoras do mundo feminino

Talvez as coisas tenham mudado desde que a Madonna começou a visitar os bares de lésbicas de Nova York, mas eu não estava preparada para a vanguarda lésbica da Big Apple. Estive lá recentemente para promover meu primeiro livro, *Herotica*, e fiquei boquiaberta. Ao pegar a linha A do metrô senti estar vendo o futuro.

Meu primeiro vislumbre de uma nova tendência foi numa festa no mais novo reduto lésbico *trash*, uma discoteca num porão chamada Girl World (Mundo das Mulheres), instalada embaixo de uma boate gay elegante, The World (O Mundo). No começo da noite, fui uma candidata a ficar plantada sozinha – usando um minivestido colante tomara-que-caia vermelho, sentada perto de uma mesa com meus livros. Ninguém estava comprando.

Uma das minhas acompanhantes, Liz, me tirou da calmaria: "Quero que você conheça minha amiga Jeep – implorei para que ela viesse conhecer você."

Só de olhar para Jeep deu para perceber que era preciso implorar para que ela fizesse qualquer coisa – estava com o uniforme de couro completo de um homem: jeans, jaqueta com tachas, botas de motoqueiro e quepe de guarda *a la* Marlon Brando.

Eu já tinha visto Jeep uma vez na televisão. Ela tinha ido ao programa de Phil Donahue mais ou menos três meses antes, vestindo um disfarce completamente diferente. Ela tinha participado de um debate sobre os prazeres da siririca com minha ídolo Betty Dodson, a guru da masturbação feminina.

Nunca tinha visto um público tão agressivo no programa de Donahue. Apesar de Jeep, Betty e as duas outras estarem vestidas de maneira convencional e conversarem educadamente sobre os benefícios da masturbação, a platéia teria tratado um assassino com mais compreensão. Além de considerarem a masturbação como a fonte do mal, as pessoas no estúdio escolheram particularmente Jeep como vítima, que teve que ouvir acusações como: "Você deve precisar se masturbar porque não consegue arranjar homem." Com esse último comentário, fiquei tão irritada que disquei para o número da Betty em Nova York: "Estou assistindo *Apocalypse Now*", disse, e ela soube a que eu estava me referindo. "Como você conseguiu se manter tão digna e corajosa diante desses reaças?"

"É porque eu comecei a fazer viagens fora do corpo da metade do programa para frente", Betty disse.

"Foi por isso que você apenas sorriu e respondeu: 'Sim, não é maravilhoso?' quando alguém do público perguntou se você cobrava para comparecer a orgias masturbatórias?", perguntei. Betty deu risada. "Diga-me uma coisa, quem é aquela linda garota à direita? Por favor, diga que ela é gay."

Betty confirmou minha telepatia televisiva e despejou algumas fofocas sobre Jeep que eu não poderia jamais reproduzir aqui.

Então aqui estava ela, a famosa Jeep, no Girl World, com cara de quem poderia colocar clipes nos mamilos de todo mundo no programa de Donahue e deixá-los pedindo mais. Eu me apresentei e contei o quanto havia admirado sua coragem na TV.

Ela colocou a mão na minha coxa suada. "Quero saber tudo sobre você."

O quê? Por que me dá um branco em ocasiões como essa? Apontei com as mãos para a pilha de *Herotica* sobre a mesa. "Essa é a minha vida", eu disse, parecendo Madre Teresa.

Jeep não estava disposta a tolerar meu jeito nobre.

"Tenho um presente para você", ela disse, tirando seu boné de couro e pegando alguma coisa azul de dentro, que colocou em minha mão. Eu apertei e senti a embalagem. Era uma camisinha. Abri minha mão e vi que tinha sido a cantada mais direta que eu já tinha visto num bar de lésbicas – dar uma camisinha para uma mulher. Nada como não perder tempo em explicações. Fiquei impressionada – e constrangida.

Por baixo do exterior de látex vermelho, estava a delicadeza de uma *hippie* da Califórnia. Estou acostumada com gente oferecendo massagem nas costas, não camisinha. Claro que agora sei exatamente o que *deveria* ter respondido. Deveria ter olhado direto naqueles olhos verdes e dito: "De que tamanho ele é?"

Mas Jeep estava bem à frente de mim. "Eu tenho mais uma coisa para você – uma pequena performance", ela anunciou.

Aqui e agora? Ela ficou de pé na minha frente. O dj colocou o outro lado do disco. Jeep deu um passo para trás, segurando meu olhar como se tivéssemos um fio ligando nossos olhos. E então começou a tirar a roupa. Ah, era definitivamente um *striptease* – ela jogou o chapéu para um lado e lentamente começou a tirar a jaqueta. Ela estava vestindo um suporte de couro por baixo. Seus movimentos eram sexys e bem lentos, parecia estar dizendo: "É só para você, mas sei que todas estão olhando."

E de fato ninguém tirava o olho. Achei bom que o lugar estava escuro e cheio de fumaça, de maneira que não dava para ver meu rosto. Tive apenas a presença de espírito de empurrar algumas bêbadas que ousaram passar pelo nosso palco particular.

Jeep não tirou mais nenhuma peça de roupa. Ela pegou minha mão e me puxou para o centro do palco. Embora a diferença de tamanho a deva ter intimidado, ela não demonstrou nada. Eu devo ser uns trinta centímetros mais alta do que ela. Como diz minha amiga Sherry: "Você é tão sortuda que a maioria das mulheres bate ou na sua virilha ou no seu peito."

Considerando o espetáculo, acho que dançamos muito bem. Só Deus sabe o que ela teria tirado da cartola naquela hora se eu não tivesse sido interrompida por duas amigas que quebraram o encanto com um grande abraço apertado.

"Jeep, é muita loucura dedicar a você a atenção que eu gostaria tendo que cumprimentar toda essa gente. Me dê o seu telefone." Estendi a camisinha e uma caneta para ela. Ela escreveu bem dentro do círculo. Por que essas coisas não podem ser impressas como um cartão de visita?

Na noite seguinte, eu estava sendo entrevistada por uma jornalista lésbica de outra cidade. Ela parecia querer dar seu apoio ideológico, mas pessoalmente não ter gostado de *Herotica* e *On our backs*. Até que perguntou: "Na edição de verão apareceu uma história de Joan Nestle, em que uma mulher pede para chupar o pinto da sua namorada. Como você explica isso?"

Ah, querida, essa era a versão feminista da pergunta "por que o céu é azul?" Geralmente dou uma resposta bem longa, mas dessa vez estava muito cansada. Peguei a camisinha de Jeep da mesinha de cabeceira do hotel. "Por quê? Porque algumas *lésbicas* gostam de chupar pinto. Essa é na verdade a resposta mais honesta que eu posso dar."

As coisas foram por água abaixo a partir daí. Quando ela estava prestes a ir embora, eu me senti culpada por não ter dado uma entrevista melhor. "Qual é a sua opinião?" perguntei a ela. "Você fica irritada com *On our backs* e com toda a mídia lésbica?"

"Não, não é que eu não aprecie seu trabalho – é só que – bem, quando eu quero ficar excitada, não leio revistas lésbicas. Eu compro revistas pornôs de homens gays."

Clique! Agora entendi. Obrigada, Lois Lane, por esclarecer uma hora de mal-entendidos. Eu deveria sempre me lembrar disso, dentro ou fora do programa de Phil Donahue, em São Francisco ou em Manhattan – as aparências enganam.

Bolas chinesas e outros brinquedos extra grandes

Há algumas semanas, uma amiga minha me contou que tinha convencido algumas de suas conhecidas tímidas a formar um grupo de conversa sobre sexo. Ela me explicou que eram o tipo de mulheres que jamais iriam a uma loja de artigos eróticos, não importando se a loja fosse agradável ou dirigida para mulheres. Apesar disso, todas tinham curiosidade a respeito de brinquedos eróticos, e Margaret me perguntou se poderia pegar alguns dos meus itens prediletos emprestados para uma demonstração.

"Claro, venha buscar", eu disse. "Mas você tem que devolvê-los amanhã. Eles são a base da minha saúde mental."

"É só isso?", perguntou Margaret quando olhou para meu saquinho de coisas. Ela ficou desapontada ao ver que eu tinha separado apenas uns poucos itens para ela. Mas eu não estava com vontade de pedir desculpas.

"Veja bem, Maggie, nós sabemos bem que as engenhocas com cinco cabeças rotatórias e piloto automático não são comparáveis a um vibrador decente e um par de pênis de silicone de bom tamanho."

Ela entendeu minha argumentação e foi fazer o melhor possível no seu grupo, mas nossa discussão me fez pensar. Eu sempre quis *mais* dos brinquedos eróticos, mas não da maneira como os fabricantes abordam a questão. Os mesmos homens que se dedicam a fazer câmeras de vídeo autoprogramáveis, que podem ser ligadas a seu computador e são facilmente manejáveis depois de oitenta horas de estudo, criam novos brinquedos sexuais, quando o que as mulheres estão buscando é uma diferença básica de modelo, conforto, potência e tamanho.

Um exemplo: Joani Blank, dona da Good Vibrations, mostrou-me o protótipo de um inventor do interior que mandou junto uma carta de quatro páginas, totalmente sincera, descrevendo todas as suas esperanças para a sua criação.

O dispositivo tinha uma extensão para o clitóris, outra para o ânus, outra para a entrada e uma última para a parte interna da vagina, ganchos para prendê-lo em uma cinta-liga, e um controle remoto a pilha. Tudo isso era uma só peça de plástico.

Claro que eu topei testar a coisa. Mas a minha impressão inicial se confirmou. Qualquer coisa movida a pilha não presta para nada. E aquela trapizonga era horrível, com ou sem uma cinta-liga de renda como suporte. Sem mencionar que qualquer coisa com aquele monte de extensões muito dificilmente iria servir em todas as mulheres do mesmo jeito.

Se é um vibrador, sua função é vibrar e não zumbir como um sinal de TV depois que a programação acaba. Além disso, prefiro brinquedos agradáveis de olhar, assim como jóias ou qualquer outro enfeite. Por último, tamanhos diversos nunca são demais. Será que nós precisamos fazer artigos eróticos Extra Grandes para mostrar que temos razão? Não há artigos pequenos em quantidade suficiente ou realmente grandes. Nem tampouco finos e grossos.

Toda essa reflexão me fez pensar no que mudou no mundo dos brinquedos eróticos desde que comecei a trabalhar com educação sexual. Nossos esforços não foram totalmente em vão. Lembro da época em que era compradora da Good Vibrations. Costumava implorar: "Será que vocês poderiam fabricar esses vibradores em uma cor diferente de branco cadáver?"

Sete anos depois, você pode entrar na *sex-shop* mais vagabunda e encontrar vibradores de cor magenta e verde-água. Não ria, essa é uma conseqüência direta da vontade feminina no mercado de sexo, por isso merecemos aplausos. Trouxemos um pouco de cor e imaginação ao mundo do plástico genital, reconhecendo a finalidade desses brinquedos: prazer, e não culpa e segredo.

Os pênis de silicone da fábrica Scorpio Products, de Nova York, revolucionaram o mercado no início dos anos 80. O inventor e fabricante Gosnell Duncan reconheceu a importância do tamanho, da variedade e da sensualidade no seu projeto. Agora temos as primeiras lésbicas fabricantes de consolos de silicone, com a vontade de produzir algo novo no mercado que o doutor Johnson (fonte de tantas "novidades e ajuda conjugal" de borracha) abandonou à mediocridade.

Nossa primeira criadora de brinquedos lésbica, Trilby Boone, disse que sempre fazia consolos de silicone para agradar suas namoradas. Ela esquentava um daqueles trecos feios alaranjados na boca do fogão e os esculpia com um canivete. Outra empreendedora talentosa, Cindy Burns, teve um início menos romântico, mas mesmo assim percebeu uma falta óbvia: as pessoas estavam insatisfeitas com a qualidade e disponibilidade dos brinquedos sexuais à venda.

Suponho que você queira saber como são esses novos modelos de Trilby com desenhos artísticos: consolos em forma de pernas de bailarina, golfinhos, espigas de milho e figuras de deusas, para dar alguns exemplos. Ela tem artigos tão finos como o dedo mindinho, e os mais largos chegam a cinco centímetros de diâmetro. Alguns modelos têm cara de que alguma coisa deu errado na fábrica de massinha, mas os melhores projetos são adoráveis.

A coleção de Cindy, por outro lado, não é nem um pouco engraçadinha. Eles tem um ar mais primitivo e espacial. São maiores e mais pesados do que todos que já vi, e os modelos são simples: parecidos com pinto ou dando uma leve impressão de flauta. Honestamente, as personalidades das duas mulheres aparecem em seu trabalho. Cindy é o tipo de sapatona que você encontra e diz: "Pode me levar, mestra, use-me como quiser"; enquanto Trilby é aquela garota para quem você diria: "Faça amor comigo bem gostoso, minha querida – mostre-me o que você é capaz de fazer." Obviamente, uma garota precisa das duas.

Fico muito orgulhosa de ver a criatividade e o bom senso feminino finalmente se expressando em negócios que nós todas podemos aproveitar. Sempre fomos boas em aproveitar o que existe no mundo de diversões sexuais, utilizando os modelos à nossa maneira e descobrindo novas delícias no armário da cozinha ou na horta. Mas com que freqüência as mulheres tomam a iniciativa e tornam seus tesouros acessíveis a outras? Esse tem sido nosso ponto fraco: tornarmo-nos públicas.

Uma última dica para pesquisadoras: as mais novas pechinchas em termos de erótico estão nas lojas de medicina oriental. Descobri a moda no último verão, quando uma boa amiga me deu de presente um par de bolas chinesas contra o estresse. São lindas esferas prateadas, um pouco menores do que bolas de tênis, colocadas num estojo de cetim vermelho e preto. Pesos dentro das bolas soam como um tilintar ao longe. Supostamente, devem-se desenhar oitos nas palmas com as bolas para melhorar artrite, pressão alta e outras doenças.

Bem, eu tinha em mente um outro plano de saúde. Essas pérolas gigantes pareciam fazer o que as bolas tailandesas prometiam mas nunca tinham cumprido. Coloquei uma dentro de mim com facilidade, por ser lisa e redonda. No começo me senti um pouco como uma galinha choca. Eu queria sentar no colo de alguém e brincar de galinha dos ovos de ouro. Acariciei meu clitóris por um instante e senti a bola girando suavemente dentro de mim. Agora só precisava introduzir a segunda.

A sensação que essas bolas provocam não é igual a um *fisting* porque cada uma delas é menor do que a mão de uma pessoa, mas as duas juntas tomam um espaço considerável. Eu estava bem molhada, e mal consegui me concentrar o suficiente para chegar ao final do experimento, mas fui empurrando o segundo globo pelos meus lábios. Não entrou muito fácil. A base ficou para fora de minha vagina. Que paraíso! Meio dentro, meio fora é o meu método predileto de enlouquécer.

Eu me balancei sobre a cama e os badalos ecoaram em minha barriga. Senti-me como um cântico sexual tibetano. Cheguei ao clímax e a primeira bola rolou para fora. A segunda bola ficou presa na parte mais interna de minha vagina até que os músculos relaxaram uns quinze minutos mais tarde. Eu nunca tinha prestado atenção ao tempo que a vagina leva para retornar ao estado não dilatado, de maneira que esse foi um bônus científico adicional.

Será que preciso agradecer a Richard Nixon pela minha introdução ao mundo material chinês? Aparentemente essas bolas são apenas um dos muitos produtos estimulantes que podem ser encontrados no novo mercado de importados. Como as lésbicas irão tomar a dianteira na nova onda de erotismo oriental? Acho que vou entoar mais um cântico enquanto penso sobre o assunto.

Andando em círculos

Fiz minha peregrinação anual a Hollywood para assistir ao Oscar Pornô nessa primavera, e tive um incentivo a mais ao ser convidada para dar uma palestra sobre a minha antologia *Herotica* na livraria A Different Light, no coração gay de Los Angeles.

Falei para uma multidão tão calorosa que até meus óculos ficaram embaçados, e bem na primeira fileira estava a ruiva Cherelle, a primeira lésbica com quem fui para a cama. Quando fiquei vermelha, achei que a platéia iria apenas pensar que eu estava acalorada com a censura no ramo de erotismo.

Mas Cherelle não foi a única a me fazer ruborizar de nostalgia. Estudei na zona oeste de Los Angeles, que nos anos 70 era uma colméia de adolescentes lésbicas feministas, *hippies* bissexuais e anarquistas proto-punks. Em 1974, eu achava que quem não se dedicava sexual e politicamente às mulheres tinha um parafuso solto. No entanto, como bem me lembro, minha prática política era bem mais quente do que minha sexualidade lésbica, e quando Cherelle me conheceu, eu não era Susie Sexpert. Não sei como ela consegue ler *On our backs* sem achar graça, já que ela deve se lembrar perfeitamente bem como eu fiquei dura como uma tábua em sua cama, e depois não consegui falar com ela por meses a fio.

Eu já tinha feito sexo com garotas antes, tendo iniciado algumas, mas nunca tinha sentido tanta ansiedade. Elas não eram lésbicas, não iam aos bares e, apesar de eu não conhecer a expressão naquela época, não eram *butchs*.

A primeira vez que uma mulher se identificou como *butch* para mim foi quando eu finalmente consegui me infiltrar no apartamento de praia de Barbara Jean, a minha heroína no colegial. BJ foi a primeira pessoa na nossa escola a usar um *button* escrito SOU LÉSBICA, e transformava toda lição do curso de literatura em um exercício de liberação gay. Ela me passava bilhetes escritos com uma caneta tinteiro azul que vazava, pedaços de homenagens safistas ao corpo feminino e críticas venenosas hilariantes (está bem, talvez não tão hilárias hoje em dia) do chauvinismo masculino. Ela parecia uma deusa loira, bronzeada, musculosa, com olhos que combinavam com o lilás de seu *button*.

Ela não correspondia à minha paixão, foi um milagre eu ter acabado em seus lençóis cor de areia. Lembro de ter estendido a mão para a região entre suas pernas, para tocar pêlos que pareciam tão macios quanto seus cabelos, quando ela me desviou bruscamente e mordeu meu ombro.

"Você já devia saber – eu sou *butch*." Não entendi. Será que isso queria dizer que eu não podia fazer amor com ela? Ou que ela ia me morder mais? Eu estava tentando criar coragem para perguntar quando alguém bateu na porta.

"Ssh", Barbara Jean falou. "Talvez seja a Sherry." Sua ex.

"E por que você não abre a porta?", perguntei. BJ mandou-me calar a boca novamente, pulou da cama, correu para o banheiro e trancou a porta. As batidas na porta continuaram. Lembro-me que a música *For the love of you* das The Spinners tocou diversas vezes. Eu devo tê-la ouvido umas quinze vezes até que Sherry desistiu de bater e gritar, e foi embora. Quando saí, BJ ainda estava trancada no banheiro. Isso era ser *butch*?

Voltei para o meu território mais familiar de androginia e feminismo. Isso não era tão careta naquela época. Lembro que nossa gangue inteira foi assistir a um grande concerto musical de mulheres: Holly Near, Cris Williamson e Meg Christian. Ficamos tão acesas que, depois, muitas de nós continuamos a noite na casa de uma garota de sorte (pais viajando no final de semana), tomamos alucinógenos e pusemos na vitrola a música *The changer and the changed*. De repente, todo mundo estava se amassando. Uma orgia musical feminina! Essa casa estava equipada com todo tipo de provisões alimentícias. Eu ataquei a geladeira e cobri Linda, minha melhor amiga na época, com morangos, abacates e fatias de salame dos pés à cabeça, e depois fui comendo cada pedaço.

A irmandade era poderosa de verdade, além de ser realçada pela época psicodélica em que estávamos vivendo. Sempre se diz que as drogas bloqueiam as inibições, e eu sempre serei grata a essas primeiras experiências de expansão da consciência.

Minha primeira namorada foi Monique, que era francesa e um ano mais nova do que eu, mas muito mais vivida. Um dia ela decidiu me ensinar a beijar corretamente com a ajuda de um pouco de peiote.

Monique foi a primeira pessoa verdadeiramente sensual com quem eu tive intimidade. Ela trouxe um vaso de rosas para a cama e disse para eu inalar a fragância antes de comer o peiote. No gravador, ela tinha colocado *Sticky fingers* dos Stones, e fora estava um vendaval terrível, sacudindo o bosque de eucaliptos em volta da casa em que ela morava. Quando começamos a viajar, ela me levou ao chuveiro e me ensaboou como se estivesse banhando Afrodite. Sim, eu estava pronta para aprender tudo sobre beijos. Ela me beijou por horas, e segurou minhas mãos acima da cabeça para que eu não pudesse fazer mais nada. Disse-me para nunca mais forçar minha língua até a garganta de alguém, e eu aprendi a lição.

Esse pequeno período de aprendizagem sexual foi, como você deve imaginar, totalmente isento de acessórios sexuais de qualquer espécie. Aprendi a usar minha boca e ainda era *trainee* com as minhas mãos no corpo de uma mulher. Acreditava piamente no Mito do Orgasmo Vaginal, e minhas experiências iniciais pareceram confirmar as declarações da política feminista da ocasião. Se eu tivesse sido apresentada a um pênis de silicone naquela época, teria pensado que era uma prova da mais patética baixa auto-estima. Se eu não valorizava a masculinidade dos homens, por que a desejaria numa mulher?

Claro, eu já me sentia atraída pela masculinidade naquela época, mas ela aparecia rotulada com adjetivos típicos de amazonas: força, tenacidade, militância. Eu enxergava essas qualidade em mim mesma também, o que me confundia ainda mais. A *femme* que ainda não saiu da casca tem que passar por cada coisa!

Hoje em dia, de vez em quando namoro alguém que também adora brinquedos, mas ainda acho que a primeira vez na cama é uma amostra dos princípios básicos: sua boca, minhas mãos. Beijar da maneira que ela quer. Ser comida do jeito que aprendi a gostar. No começo, eu achava que era o medo que me impedia de dizer num primeiro encontro: "Baby, por que você não coloca a Jóia de Família?", porque minhas fantasias seriam reveladas muito de repente. Eu com certeza vejo a mesma apreensão na mulher que quer "fazer alguma coisa diferente" comigo mas não tem conhecimento do equipamento ou sente timidez, como eu também, em confessar o desejo.

Outras vezes, apesar de tudo, não são os desejos sublimados que nos impedem de usar acessórios. É só que aquele jeito antigo e simples de mãos nuas ainda é gostoso; não é um clichê *hippie* ou uma diretriz feminista. No meu caso, faz com que eu lembre de um tempo que eu não trocaria nem por todos os pênis de silicone da face da terra.

Do lado de lá da Aids

Eu sou uma pessoa que fala em público com espontaneidade. Talvez eu ainda não tenha falado em praças públicas, mas já fiz militância em cima de caixote. A controvérsia me excita. Nada esquenta mais meu sangue do que uma aula de educação sexual em que a primeira pergunta feita por um estudante é: "Por que as lésbicas são gordas e feias?" E naquelas ocasiões especiais em que um evento elitista pode ser deliciosamente interrompido por uma só voz bem nítida, sinto-me num paraíso. Não planejei levantar no Teatro de Ópera War Memorial e perguntar a Susan Sontag o que exatamente ela pensa da pornografia feita por lésbicas, mas fico muito feliz por tê-lo feito. O olhar de incredulidade em seu rosto valeu as mil palavras que ela não pronunciou.

Conseqüentemente, quando a Fundação de Combate à Aids de São Francisco me pediu para falar num debate de mulheres, eu não hesitei – a princípio. À medida que a coordenadora, Marsha, foi explicando que o painel seria formado por especialistas em medicina, direito e questões familiares das mulheres, eu a interrompi sobressaltada.

"Você quer dizer que o público para quem eu vou falar são mulheres com Aids?"

"Bem, ou elas ou as suas parceiras, ou simplesmente mulheres soropositivas que podem apresentar ou não os sintomas", ela explicou.

Saí do ar. Murmurei alguma coisa sobre o dia e a hora do evento. Devo ter-lhe parecido ideal quando disse a ela que este era o tipo de educação sobre sexo seguro que há tempos eu queria promover. Falei que não queria mais ser madame Camisinha, e que estava pronta para pôr a mão na massa.

Mas, para falar a verdade, fiquei assustadíssima de pôr a mão na massa. Venho dizendo há anos que as mulheres, e em especial as lésbicas, têm que reconhecer que a Aids existe em nossas vidas. Mas agora eu ia falar para uma sala inteira de mulheres com Aids, e me senti entre a cruz e a espada.

As mulheres com Aids enfrentam isolamento, falta de visibilidade e o mais puro ostracismo, convivendo com o pior tipo de vulnerabilidade. Para mim, encarar essas mulheres em grupo era como entrar em uma cova de leões. Eu que achava estar curada da minha fobia de Aids a vi agarrar-me pelo pescoço.

Além dessas apreensões, eu sabia que o evento iria me abalar de verdade. Não há quase nenhuma informação ou apoio para mulheres com Aids, e isso sim é repugnante e assustador.

Havia umas cem pessoas reunidas no salão de conferências. Ao longo de nossa discussão, descobri que mais da metade eram profissionais de saúde e as outras eram mulheres HIV-positivas e suas namoradas. Um grupo considerável de lésbicas compareceu. Mas a parte que me pegou, a coisa mais óbvia que eu não esperava, foi que a maioria das mulheres afetadas era muito jovem. Havia umas poucas soropositivas de meia-idade, mas o resto estava na faixa dos vinte anos. As profissionais de saúde eram as que mais pareciam precisar de nutrição e exercício, enquanto as HIV-positivas reluziam, sendo o tipo de garotas que chamam a atenção andando na rua.

Claro, aquele era um grupo incomum de pessoas que tinham assumido um papel ativo e decidido em seu diagnóstico e tratamento. Eu estava perante mulheres que haviam tido informação sobre um painel como aquele, certamente uma minoria entre as soropositivas da cidade.

Comecei explicando que eu aprenderia mais com elas do que elas comigo. Como atualmente não existem informações disponíveis sobre a sexualidade de mulheres HIV-positivas, precisávamos começar do zero e compartilhar experiências umas com as outras. Eu não estava nem um pouco disposta a dar uma conferência do tipo camisinha-numa-banana para um grupo de pessoas que estava lidando com a idéia de que seus próprios corpos eram venenosos. O ponto crucial da identidade das mulheres com Aids, como de todas as mulheres, é que foram criadas para ter medo do desejo sexual e ignorá-lo, e ficarem distantes do próprio corpo. Quando infectadas com o estigma da Aids, elas devem então ter uma sensação de negação completa de tudo o que é bom, enriquecedor e feminino na experiência sexual.

Uma mulher lutando contra a fobia da Aids e seu próprio diagnóstico positivo é confrontada com o dilema de amar e curar a sua sexualidade de uma maneira para a qual ela nunca foi educada. Claro, muitas mulheres não conseguem jamais lidar com o problema. Tornam-se celibatárias, assexuadas, anti-eróticas.

Pedi ao público para anotar num pedaço de papel as idéias que passassem pela sua cabeça sobre uma série de perguntas.

Desde que tinham tido o diagnóstico positivo de HIV, elas haviam:

1. Feito mais ou menos sexo com a parceira?
2. Masturbado-se mais ou menos?
3. Deixado de praticar algo sexual de que gostavam muito e, em caso afirmativo, o quê?
4. Descoberto alguma prática sexual nova de que gostavam e, em caso afirmativo, o quê?

Pedi às parceiras das mulheres contaminadas para que respondessem por elas mesmas, e às assistentes de saúde não-infectadas para que respondessem como se fossem soropositivas e tivessem que tomar essas decisões.

Fiquei contando as respostas durante o restante do painel. A maior surpresa foi a diferença entre as pessoas que tinham a doença e as que não tinham. Eu diria que as respostas das não-contaminadas eram mais pessimistas e parecia que elas pensavam que se recebessem um diagnóstico positivo no dia seguinte, rastejariam até um caixão e ficariam esperando para ser enterradas.

A maioria das mulheres HIV-positivas disse que tinha feito menos sexo com suas parceiras desde o diagnóstico. Mas 32% das mulheres HIV-positivas responderam que tinham mantido o mesmo número ou aumentado as relações sexuais com suas namoradas, o que é uma minoria considerável. Essas mulheres não se afastaram de suas vidas sexuais.

57% também disseram estar se masturbando tanto ou mais do que antes, mas nesse caso uma grande minoria – os 43% que afirmaram se masturbar *menos* – me deixou triste. O risco de fazer amor consigo mesma é zero, mas quando a auto-estima sexual cai lá para baixo, masturbar-se parece que é uma das experiências mais potentes a ser cortada.

79% das mulheres HIV-positivas e 90% das suas parceiras disseram que tinham deixado de fazer uma coisa muito importante para elas: sexo oral sem proteção. Eu nunca vi um grupo de pessoas gostar tanto de *cunnilingus.*

Depois de todos esses anos de guerra aos pênis de silicone, em que lésbicas combatem umas às outras por gostarem ou não de penetração, foi revigorante ouvir as pessoas querendo o prazer do sexo oral por seus próprios méritos fabulosos, não por ser igualitário ou politicamente correto. Eu nunca mais vou comer uma xoxota do mesmo jeito!

Mas olhe só que interessante. 50% do público disse que havia incorporado um *novo* comportamento sexual que gostariam de praticar sempre. Os mais comumente mencionados foram vibradores e encenação de fantasias.

A grande diferença aqui entre as respostas das contaminadas *versus* não-contaminadas foi que estas imaginaram que iriam recorrer a carinhos mais delicados e sensuais se tivessem que praticar apenas sexo seguro. O grupo de soropositivas, no entanto, entendeu imediatamente a intenção orgástica da minha pergunta e me contou suas técnicas para *gozar.*

Duas HIV-positivas disseram que agora apreciavam mais "delicadeza" e "sensibilidade na comunicação", mas percebi pelo restante das suas respostas que elas namoravam homens. Uma mulher hétero comentou como agora ela gostava de ser penetrada com dedos e a única coisa em que consegui pensar foi: "Você teve que esperar por isso?!"

Uma coisa que me confundiu foi o furor sobre sexo oral. As mulheres que expressaram sua opinião sobre o assunto pareciam estar convencidas de que o contato boca-xoxota não oferecia risco se a mulher não estivesse sangrando e nem tivesse cortes, ulcerações ou bolhas. Com certeza a ausência de sangue ou sêmen seria um argumento poderoso para o *cunnilingus* sem restrições.

Perguntei a elas: "Se não acham que vão transmitir nada pelo sexo oral, por que tantas de vocês deixaram de fazê-lo?"

Uma mulher deixou escapar: "Porque quando você conta a alguém que é HIV-positiva, ninguém quer nem tocar na sua boceta, que dirá comê-la!"

Isso resume tudo. Podemos falar de técnicas de sexo seguro da aurora até o anoitecer, mas serão apenas um monte de frases precisas sobre plásticos e posições. O verdadeiro dilema da sexualidade das mulheres com Aids é o medo, o estigma, as humilhações e o isolamento. O objetivo deve ser o de ser capaz de se sentir próxima, *sexy* e apaixonada, de ficar com tesão e se ligar em você mesma.

As técnicas de sexo seguro podem nos desviar das questões essenciais. Por exemplo, uma garota me perguntou: "Eu namorei durante seis anos uma pessoa com Aids. Há um ano me separei e agora estou querendo conhecer novas pessoas e preciso aprender a usar preservativos faciais."

Esse era o momento pelo qual eu estava esperando. Estendi para ela quadrados com sabor de menta e disse: "Posso ensiná-la a usar um preservativo facial em dois minutos, mas parece que esse é o menor dos seus dilemas. Como você se sente a respeito de fazer sexo de novo? Você tem fantasias com sexo oral, tem vontade de fazê-lo, tem medo?"

Essas perguntas podem se aplicar a qualquer mulher. Naquele fórum, com aquelas mulheres, as escolhas sexuais básicas foram realçadas simplesmente pelo fato de que eram um caso de vida ou morte.

Alguém passou um bilhete anônimo: "O que se sabe a respeito de lésbicas com Aids e de práticas de sexo seguro entre lésbicas?"

Havia profissionais de saúde no debate perfeitamente competentes para responder à pergunta, mas eu não estava disposta a agüentar aquela velha lista de fatos científicos.

"A história das lésbicas e da Aids", eu disse, "não é sobre os três casos de contágio de mulher por outra mulher que saíram nos jornais médicos. A história está aqui sentada nessa sala. Nós todas sabemos que as instituições médicas têm ignorado a sexualidade lésbica no que diz respeito à Aids, mas o único grupo de pessoas que a gente esperaria que se incomodasse – outras lésbicas – é tão culpado dessa negação quanto os Centros de Controle Epidemiológico.

"A forma principal de contágio das lésbicas é através de homens ou pelo uso de drogas injetáveis. Como a maioria dos seres humanos, e isso *inclui* as lésbicas, não é nem exclusivamente homo nem hétero, não chega a ser nenhuma surpresa ver muitas lésbicas, que nunca se definiriam como bissexuais, serem atingidas por essa epidemia. Mas a fachada lésbica é uma bobagem de pureza e fidelidade que não permite às mulheres serem honestas ou perderem o medo umas das outras. Nós agora atingimos um ponto, por causa da Aids, onde enfrentamos nossos tabus e caímos na real, ou vamos assistir ao nosso próprio silêncio e sigilo nos matarem.

"Eu não tenho medo ser contaminada pela masculinidade dos homens, de perder a essência lésbica. Tenho medo que nós, lésbicas, percamos nossa empatia umas com as outras, por deixarmos nossos medos e proibições sobre sexo nos separarem."

Depois do evento uma lésbica veio até mim e disse: "Eu estou fazendo o programa de doze passos de desintoxicação, e no meu grupo, quando conto sobre a doença, as outras lésbicas não conseguem me aceitar. Eu sou *butch* (ela nem precisava dizer), o que as torna ainda mais confusas... Claro que eu transei com homens: para conseguir drogas, por dinheiro, pela farra. Mas eu sei quem sou."

"Então como você lida com elas?"

"Eu não lido. Se elas não conseguem lidar comigo, eu não preciso delas para porra nenhuma. O que é uma pena, apesar dos pesares."

Eu não podia culpá-la por não tentar conscientizar todas de uma vez. Era isso o que eu queria dizer com isolamento. Mas as outras lésbicas HIV-positivas que ficaram conversando depois do debate eram obviamente muito unidas, desfrutando do tipo de proximidade que eu costumava ver em bares gays de cidades pequenas.

No final de minha apresentação, algumas pessoas me agradeceram por mostrar meus brinquedos eróticos. Uma mulher disse: "Gostei quando você disse que o vibrador era *seu*, e não que 'sabe-se que é muito eficaz...'"

"Pelo amor de Deus, claro que todos esses brinquedos e livros são meus." Eu os trouxe não por que pensei que seriam novidade, mas por que desejava demonstrar como a primeira mudança do comportamento sexual é a mais difícil. As próximas acontecem de forma muito mais tranqüila. Eu comecei com um vibrador, que me abriu para muito mais – não apenas mais coisas para comprar e consumir, mas para uma compreensão de minha capacidade, um impulso para minha imaginação. Minha sexualidade se desenvolveu mais nos últimos sete anos do que nos vinte e três anteriores.

Havia muito mais para ser falado. Tivemos quinze minutos para falar sobre sexo em um debate, mas nós precisaríamos de umas boas quinze horas. Ainda assim, foi a discussão sexual de quinze minutos mais marcante de que já participei. Agora eu estou pronta para colocar a mão na massa. Estou tirando as luvas.

(Não se preocupe, tenho muitas outras embaixo da cama.)

Pornologia e outros estudos avançados

Você está pronta para os anos gays – ou será que são os anos pós-gay? A liberação sexual vai ter um novo tema na próxima década: "Supere-se."

Há cinco anos, eu convidava as leitoras da primeira edição de *On our backs* a descobrir que "a penetração é tão heterossexual quanto o beijo". Agora a luta pelos pênis de silicone terminou, e sabe o quê? Nós ganhamos. Então aproveite. O sexo entre mulheres é um estilo que ainda não saiu dos armários. Mas a tendência – a moda, se você preferir – é o desfile de lésbicas. Até mesmo casais heterossexuais estão comprando pênis de silicone, e só o lubrificante sabe quem faz o papel de macho e quem faz o papel de fêmea.

Quando entrei para o movimento feminista nos anos 70, sabia que fazia parte de uma geração sem precedentes de garotas lésbicas. Mas o que está acontecendo com as jovens de hoje faz a minha turma parecer pudica. Eu não sei como elas conseguem entender o mundo sem o auxílio de chás de ervas e grupos de conscientização, mas vejo muito mais adolescentes do babado hoje do que há dez anos.

Elas usam cabelos raspados e batom, suspensórios com salto alto, um estilo gay misturado com cultura pop. E dessa vez a tendência gay não está sendo definida somente pelos meninos. São as mulheres que têm as plumas mais bonitas.

Por favor não me diga que isso é androginia – guardei uma camisa velha de flanela para não esquecer o que aquele eufemismo significava. Não era o melhor da masculinidade e da feminilidade em um – era zero de feminilidade e machismo dos mais sem graça.

Por isso agora, quando queremos cumprimentar alguém pelo seu visual, dizemos "transgênero" e não androginia.

As palavras mudaram um bocado. Nos anos 60 foram as "orgias", nos 70, "sexo grupal", e agora o termo é: "festas sacudidas". Festas enfatizam a parte social, e não a bacanal, uma atmosfera lúdica em vez de psicanalítica.

Ainda assim, festas sacudidas são para o prazer e a reputação de poucos. De longe, a tendência mais popular é a monogamia tarada e o merchandising erótico. A única pergunta que eu tinha quando fui convidada para minha primeira festa Jill-Off foi: "Onde ficam as tomadas?"

Vejo muitas tomadas no seu futuro, mulher. Vejo 110 volts passando por seus lábios vaginais inchados, e percebo suportes aparecendo logo adiante.

Pênis de silicone de segurar estão *out*, mas os com suportes estão *in*. Você precisa das mãos para fazer outras coisas, como manter os braços dela acima da cabeça enquanto lhe diz no ouvido as fantasias mais picantes.

Se o seu pênis de silicone lilás sair fora, pelo amor de Deus, coloque-o de volta sem muita enrolação. Ou então não se meta e deixe que ela o recoloque – provavelmente ela vai estar com mais pressa.

Maior é melhor; faço este prognóstico sem corar. Com suportes, você precisa de alguns centímetros a mais só para poder brincar sem escapar fora. Se você é uma dessas garotas que ainda diz: "Não, não, não, é muito grande!", está querendo me deixar excitada ou é a única garota da cidade que ainda não usa lubrificante. Escorregadio é o que resolve.

Eu já mencionei falar sacanagem, uma prática absolutamente normal – nós vamos falar mais e *vestir* mais na cama. Qualquer pessoa que ainda esteja se deitando completamente nua é um tédio total. Estamos numa outra era agora, Santinha: é um caminho sem volta.

Susie Sexpert prevê que o sadomasô ainda vai continuar a ditar a moda nas tradicionais transas apaixonadas. Lábios vaginais com *piercing*, algemas, espancamentos, chupar os dedos do pé, torturas com vibrador e implorar por tudo isso serão práticas das mais comuns. Por favor, não se considere sadomasoquista se não tiver pelo menos quatro chicotes e um jogo de clipes para mamilos tipo jacaré com monograma.

Nós vamos começar a falar sobre o que fazemos, e não quem supostamente somos. Não diga: "Eu sou uma lésbica sadomasoquista" quando você poderia estar dizendo: "Tenho uma fantasia em que transo com minha manicure no chão do banheiro, colocando uma bola de borracha em sua boca para que não grite". Ou: "Aperto meus mamilos quando me masturbo até que eles fiquem duros como pedra." E: "Penetre-me com a mão até que o suor escorra dos meus lábios vaginais." Assim não é muito mais esclarecedor?

Todo vídeo e livro bestseller sobre lésbicas irá abordar a sexualidade. Finalmente a nação de amazonas vai ter espaço para dar sua opinião. Será o fim da crítica interminável. Cada uma terá de aceitar ou calar a boca sobre sexo. Nós não vamos mais querer saber de angústia sem solução. Teoria sexual é bem-vinda; neurose disfarçada de análise não é.

As lésbicas são a vanguarda da polinização cruzada na pornografia. Fomos as primeiras a trazer a público como é divertido o *swing*. Fizemos reflexões sobre o pornô enquanto fomos estimuladas por ele, e agora aquela análise vem bem a calhar. As lésbicas estão tornando a pornografia respeitável. Eu estou falando sério.

A melhor coisa sobre o movimento antipornô entre lésbicas foi que pelo menos tivemos uma chance de intelectualizar sobre o assunto, ao contrário dos conservadores religiosos tradicionais.

Seguindo o mesmo processo, se você usa a cabeça para pensar como e por que as imagens sexuais afetam você de maneira tão intensa, você já está a meio caminho andado para se afiliar à Sociedade Literária Erótica. A sexualidade será domínio dos artistas na próxima década. Nós vamos transar toda noite e passar os dias escrevendo, pintando e filmando sobre isso.

Está bem, Aids existe. Eu adoraria vencer essa batalha. A Aids é um dos incentivos mais nocivos à diversidade sexual dos próximos anos. Vai deixar uma conscientização duradoura e um comportamento preventivo para todas as doenças sexualmente transmissíveis.

As pessoas estarão pensando sobre técnicas de sexo seguro mais pessoais e sofisticadas. Luvas e camisinhas vieram para ficar. Rolos de PVC transparente (tipo Rolopack) serão uma opção para aqueles que querem evitar contato oral-genital, e você ainda poderá fazer uso das sobras para uma cena extra de mumificação. Gengivas sangrando são provavelmente o maior perigo do *cunnilingus*, não a secreção vaginal. Prevejo mais escovação de dentes e uso de fio dental.

Acessórios sexuais pessoais estão *in*. *Fisting* no primeiro encontro é *in*. Trocar de papel é *in*. Excitá-la é muito *in*. E fazer exatamente o que ela quer é *in*. Satisfazer-se vai ser mais prazeroso ainda. Mal consigo esperar pela próxima década. Faça a coisa certa.

Piercing radical

"Por que você fez isso?"

Algumas pessoas ouvem essa pergunta a vida toda, mas só me fizeram agora porque fiz um *piercing* no lábio vaginal.

Se você tem outra impressão de mim a partir de meus artigos, saiba que sempre fui uma menina obediente que faz de tudo para agradar as outras: nunca tive fantasias de fugir com o circo; jamais cogitaria em cortar o cabelo tipo moicano, ou sair brandindo um machado. Tenho uma tatuagem desbotada, é bem verdade, mas é pequena e nas minhas costas – uma caneta-tinteiro com rosas sobre uma espada.

Então, o que há de errado em colocar um anel no lábio inferior? Tive a idéia há quatro anos, quando minha amiga Fanny decidiu que ia colocar um *piercing* no lábio vaginal, e nós todas concordamos em fotografar o evento para uma matéria na *On our backs*. Lembro-me de duas coisas que aconteceram naquela tarde: Fanny ficou tranqüila do começo ao fim, ostentando um perfeito anel de ouro que brilhava através de seus pelos loiros no final de nossa sessão. Raelyn Gallina, a pessoa que fez o *piercing*, tem uma das personalidades mais práticas e reverentes em relação ao corpo que eu já conheci. Fico surpresa de ela não ter uma fila de clientes dando a volta no quarteirão, querendo apenas um toque de suas mãos curadoras.

Aquela tarde ficou gravada na minha cabeça. Vi Fanny fazer um *striptease* no teatro de revista de Mitchell Brothers, tirando bijuterias extravagantes da orelha e balançando-as como um pêndulo exótico de sua xoxota. Nunca vou esquecer um homem do público que quase teve um colapso em sua cadeira de veludo, dizendo "Meu Deus, não estou agüentando", enquanto ela se balançava e curvava a alguns centímetros do cavalheiro. Foi muito excitante.

Conheci outros homens e mulheres que fizeram *piercing* em seus genitais, e em cada caso, não importa a aparência de seus corpos, as jóias os embelezavam consideravelmente. Eu também acho – você pode diminuir a luz agora – que é muito romântico. Não preciso de lareiras ou champanhe – um anel no lábio basta, e você será minha. Muito mais sério do que um broche na lapela, mil vezes mais erótico do que uma grinalda de casamento. A mesma circunferência diminuta de aço inoxidável é um troféu de quem se rende ao sexo e ao mesmo tempo tem poder sexual.

Ou, como minha amiga Dominga disse quanto abaixei minhas calças para mostrar: "Que bom poder colocar uma coisa tão linda na parte mais bonita de seu corpo." Exatamente. Concordo plenamente.

Se você é como a maioria de minhas amigas, leu correndo todas essas considerações românticas para chegar até o ponto que os insensíveis acham ser o âmago da questão: "Doeu?"

Bem, nós tiramos fotos. Minha reação à picada de agulha está documentada e demorou no máximo dois segundos. Sangrou um pouquinho e eu guardei o lenço de papel manchado para a posteridade.

Tive medo da dor todos aqueles anos em que teci fantasias sobre o *piercing*. Criei coragem quando percebi que sou uma completa covarde quando se trata de meu próprio corpo, mas que tenho coragem de leão quando se trata de proteger meus amigos e minha família. Quando minha irmã de atividades sexuais, Lisa LaBia veio à cidade, decidimos que a família que faz *piercing* unida permanece unida. Fiquei tão orgulhosa de mim mesma encorajando-a – apertando sua mão com confiança – que você poderia ter me nocauteado com uma pena, quando ela tirou sua mão da minha e disse: "Eu quero ser a primeira". Vi seus grandes olhos azuis se arregalarem quando Raelynn passou a agulha, e ela jogou a cabeça para trás no gritinho de dor mais lindo que já vi.

Quando chegou a minha vez, acho que não fiquei tão sexy. Minha reação foi de pura raiva, e o que passou pela minha cabeça foi: "Quem deixou você entrar?"

Mas depois, ninguém conseguia tirar o espelho de minha mão. Eu adorei a ametista, super bonitinha no meu lábio direito. Sarou totalmente em três dias, com um pouco de pomada anestésica para diminuir a sensibilidade inicial.

Não, não atrapalha para transar. Está bem no meio de meu lábio, sem tocar o clitóris ou a uretra. Não dá para sentir a não ser quando alguém toca. E descobri um efeito sonoro surpreendente na primeira vez em que usei o vibrador. Não é um tom tão puro como o de um diapasão, mas dá uma sensação gostosa.

Eu não sou do tipo que atribui os acontecimentos cotidianos da minha vida a misteriosas forças espirituais. Mas meu *piercing* com certeza provocou sentimentos irracionais que eu não tinha previsto.

Em comparação com o dia em que fiquei menstruada, quando tinha quatorze anos e só me entediei com a coisa toda, meu *piercing* me provocou um grande êxtase feminino. Tive de me conter para não sair gritando: "Eu sou uma MULHER, ouçam meu rugido."

Já passei muito tempo convencendo as pessoas de que a dor de fazer *piercing* passa rápido, comparada com ir ao dentista ou dar uma topada no dedão do pé.

Mas, pelo fato de que se planeja e escolhe sentir essa dor, há um orgulho e uma doçura nela que torna a memória tão valiosa quanto a própria jóia. Se Jane Fonda pode lhe dizer para "agüentar a dor", por que eu não posso? A dor foi um clímax excepcional para um rito de passagem, cuja influência eu sinto quando levo uma amante à loucura total ou provoco um orgasmo com a ponta de meus dedos.

Xoxota Power: o clitóris que embala uma agulha domina o mundo.

Personalidades lésbicas famosas

Fale o nome de uma celebridade lésbica. Agora fale o nome de duas celebridades lésbicas. Está ficando difícil? Será que o orgulho de se declarar fica engasgado em sua garganta? Quando se trata de lésbicas famosas, existem provavelmente mais exceções, circunstâncias atenuantes e confidências nebulosas do que na seção política do jornal mais sisudo do país.

O problema é que, ao contrário dos homens gays, que estão em todos os campos de negócios e entretenimento, as lésbicas são hoje tão enrustidas como eram no primeiro romance lésbico declarado, de 1964, *The grapevine*. Num dos meus capítulos prediletos, aparece a revelação: "Algumas das mais bonitas e sedutoras artistas de Hollywood são lésbicas, mas os seus fãs jamais irão saber."

Eu costumava pensar que as lésbicas e as bissexuais famosas tinham medo de que o público hétero destruísse suas carreiras caso seu segredo fosse revelado. Mas depois de algumas experiências pessoais, fico imaginando se essas celebridades não estão na verdade com um medo muito mais egoísta de ter sua vida social arruinada por outras *lésbicas*, caso se submetam à crítica da comunidade gay. O público gay reverencia artistas com fama de homossexuais, mas submete as lésbicas assumidas a críticas ferozes.

Já tive minhas desavenças com a fama de lésbica. Querida, é tão solitário estar lá em cima! No palco, ou assinando autógrafos, atraio a turma mais fascinante a vir pegar em meu braço, cochichar segredos em meu ouvido, e pedir minha opinião sobre pênis de silicone feitos em casa. Mas depois que as luzes se apagam, e as cadeiras são dobradas, fico sentada no auditório na maior solidão, imaginando qual será a crítica a aparecer na imprensa gay no dia seguinte.

De vez em quando aparece uma garota corajosa que me oferece um tour por bares, um baseado ou um manuscrito inédito. Ela é tímida mas persistente. Não é exatamente o meu tipo, mas eu estou louca para ser elogiada. Eu sou Susie Sexpert! Supostamente tenho aventuras eróticas todas as noites. O que estou esperando?

E aí chegamos ao pior caso de ansiedade a atingir a escala Richter. Essa é a razão por que as lésbicas não saem do armário – morte da fama na cama. Talvez Susie Sexpert seja a amante mais eletrizante da face da Terra, e Jodie Foster a solução para todos os seus sonhos românticos, mas Susie Bright pode muito bem vir a ser um chatice tremenda, e Jodie seja-qual-for-seu-verdadeiro-nome uma chata de galochas.

Sei, diga para mim que não é verdade. De vez em quando faço-me de difícil de propósito diante das elevadas expectativas das mulheres. *Fisting?* De jeito nenhum. Como vou ser respeitada na manhã seguinte se usarmos silicone logo no primeiro encontro? Não, você não vai mexer na minha coleção de algemas da Barbie! Será que Ellen passa por isso?

No entanto, meu ego de celebridade sub-cult foi duramente atacado. Aprendi uma lição muito importante. Eu fui colocada no meu lugar pela grande musa lésbica da nação, desde Marlene Dietrich: a estrela da música *country* k.d. lang.

Eu não tenho a coleção de discos de k.d. lang. Foi minha cabeleireira, Miss Rupa, quem a apresentou a mim. Ela estava cortando minha franja no seu salão de beleza quando eu a interrompi: "O que nós estamos escutando?" A gravação parecia Patsy Cline e Elvis cantando em uma só voz suave.

Rupa me olhou como se eu viesse de outro mundo. "k.d. lang vai tocar nesse fim de semana no Caesar's de Tahoe, e é melhor que você vá assistir se você quiser saber o significado de *ao vivo*."

E por que não? Rupa comprou passagens de ônibus de São Francisco a Tahoe, a rota dos cassinos, para que pudéssemos ir bebendo em grande estilo na ida e supostamente dormir na volta – um tour de doze horas. Eu poderia explicar para as companhias de ônibus o significado de quase morta, mas isso é uma outra história.

A parte importante era: o que nós íamos vestir? Rupa é uma

garota que se veste na moda, e eu não queria passar vergonha. Pensei em usar meu vestido vermelho de látex, mas Rupa foi contra.

"Olhe aqui, nós vamos fazer uma viagem de ônibus de cinco horas. É melhor você estar confortável. Eu vou usar roupa esporte na viagem." Ela tinha razão.

Sexta-feira, uma hora da tarde. Terminal rodoviário da Greyhound. Vem chegando Rupa com o cabelo alto estilo algodão-doce, bustiê preto, saia preta, legging verde-limão, meias três-quartos de oncinha, sapatos de salto alto de cetim e uma jaqueta de motoqueiro de couro branca.

Que vagabunda mentirosa! Queria bater nela, mas estava tão perfeita que não consegui. "Não se preocupe," desculpou-se, "ajudo você a se arrumar no ônibus".

O que podíamos fazer comigo no ônibus? Enrolar-me num forro de poltrona? Mas verdade seja dita, Rupa deixou a mim e a todos os jogadores a caminho dos cassinos em choque. Com um frasco de spray para cabelo e uma pequena escova de bolsa, armou meu cabelo até que parecesse uma torre. Minha maquiagem era *a la* Ann Margret. Troquei camiseta por um sutiã preto tirado da frasqueira de Rupa, e o efeito foi total. Nós parecíamos com Billie Jo McAllister, na noite em que se jogou da ponte Tallahassee.

O ônibus chegou atrasado para o show. Corremos para a platéia e fomos para as nossas cadeiras ao som de k.d. cantando a música *Cryin.* Senti arrepios. Um casal hétero à nossa esquerda estava discutindo: "Ela com certeza não é muito feminina" – "Mas a voz é impagável".

Para mim, ela é bem feminina – um póuco moleca com uma boa pitada de safadeza. Não dá nenhuma colher de chá para as fãs, mas nos provoca até dizer chega.

Era a hora do bis quando Rupa agarrou meu braço: "Temos que ir mais para a frente para que ela possa nos ver!"

Eu hesitei, mas fui. Achei que algum gorila da segurança do cassino ia estragar meu penteado, mas Rupa abriu caminho até a beirada do palco antes de k.d. começar a última música.

Ela parou. E olhou para nós. "Olhe para esses dois lindos penteados armados... será que dava para a luz focar nessas garotas aqui?"

Rupa não hesitou. Segurou no braço estendido de k.d. e subiu ao palco, puxando-me junto com ela. As luzes cintilavam na jaqueta azul de lantejoulas de k.d. Ela virou-se para a multidão e disse: "Vocês sabem o que dizem em Nashville – quanto mais alto o penteado, mais perto de Deus."

Eu olhei nos olhos de k.d., e inclinei minha cabeça na direção de Rupa: "Ela a ama demais." Não sei se fiz esse comentário no microfone ou não. Peguei a mão de Rupa e a conduzi para fora do palco. Fomos aplaudidas vigorosamente.

Algumas notas agudas mais tarde, o espetáculo terminou, e Rupa e eu fomos rodeadas por k.d.etes. Elas gritavam e gritavam. Lembra aqueles filmes da Beatlemania? Daquele jeito. Com a respiração alterada, guinchando e nos tocando porque nós havíamos tocado nela.

"Esse é o momento mais excitante de toda a minha vida", disse uma menina que, por proximidade, saboreou um pouco de nosso momento de glória como se fosse uma iguaria. Depois de ouvir essas palavras, eu me senti mais como uma peruca e menos como uma pessoa. Ah, se pelo menos eu tivesse mostrado uma cópia de *On our backs* no palco, quando a luz virou para nós! Como eu gostaria de ser um talento misterioso que nunca tivesse falado uma palavra sobre sua vida particular, porém preenchesse todos os seus desejos homossexuais!

Oh, k.d., quem me dera você pudesse me contar qual é o preço da privacidade. Talvez eu pudesse contar para você uma ou duas coisas também. Talvez você gostasse de saber quem arrumou nosso cabelo. Telefone para mim.

O que vem por aí

Estou grávida. Minha fonte de alegrias está para chegar na glória do signo de Gêmeos, no dia doze de junho. Meu primeiro filho está a caminho.

Antes que você ache que este artigo vá se transformar em um pódio sobre pediatria, deixe-me assegurá-la que uma das minhas primeiras preocupações como Susie Sexpert é revelar os segredos do sexo pré-natal, especialmente o sexo pré-natal entre mulheres. O que eu aprendi até agora é um absurdo.

Em poucas palavras, a informação disponível para a grávida lésbica sobre a sua sexualidade é exatamente a seguinte: *zero*. Não há um livro sequer publicado nos dias de hoje que não tenha um capítulo comprido sobre fazer amor durante e depois da gravidez. Mas – e eu diria que esse é um mas bem grande – cada um desses capítulos se dirige à vida amorosa de marido e mulher, basicamente organizados em torno do ato sexual pênis/vagina. Esqueça as lésbicas – não há nem mesmo uma nota de rodapé para mulheres solteiras, mulheres com mais de um parceiro, ou mulheres cujos hábitos sexuais não se encaixem muito na posição papai/mamãe!

Vamos falar sobre a pergunta que está na ponta da língua de todo mundo: "Como você engravidou?" Essa é não só a pergunta intrometida número um de héteros caretas, como povoa o pensamento de todas as lésbicas mal-ajustadas.

Veja bem, mais uma vez o patrulhamento ideológico politicamente correto estabeleceu uma hierarquia para lésbicas que dão à luz. Não há nada mais parecido com o medo machista: "Será que eu sou homem de verdade?" do que seu correspondente complexo safista: "Será que eu sou lésbica o suficiente?" O fato de garotas gays engravidarem de todas as formas, menos da forma imaculada, parece não ter acabado com o medo: Será que eu fiquei grávida da maneira "correta"?

A maioria das lésbicas com filhos que eu conheço encaram o assunto de sua concepção como de caráter privado, quer dizer, não é da conta de quem pergunta. Algumas dizem que a discrição é para proteger a criança, mas digo que é para proteger a mãe de ser importunada por comentários insensíveis.

Ninguém quer que suas preferências sexuais sejam censuradas por causa da maneira como ela escolheu conceber. Se você fez um bebê com um homem hétero, um homem gay, um desconhecido ou alguém por quem se apaixonou perdidamente, um inseminador artificial, um banco de esperma, se foi planejado, não planejado, ou baseado no poder da reza, a satisfação de uma mulher em criar um bebê dentro de si não pode ser desprezada. Não se intrometa nisso.

Claro que as lésbicas costumavam ter filhos muito antes da nova onda de inseminação artificial. Ter poder sobre o esperma pode ser o lema entre as lésbicas modernas, mas eu acho que os bebês são mais uma conseqüência do feminismo e de nossa independência econômica. Muitas mulheres estão tendo bebês sozinhas, com cônjuges mulheres, com amigos homens, e com todo tipo de apoio familiar não convencional. É ótimo poder falar do assunto sem estereótipos babacas.

Vou então quebrar o gelo. Minha amiga Hashima se expressou dessa maneira numa festa de Natal: "Você fez inseminação... ou você se divertiu?" Comecei a rir, e ela piscou: "Ah, você se divertiu."

É verdade, fiquei grávida da maneira tradicional. Deitei-me numa cama de água com um homem de verdade, alguém cujos genes de bom reprodutor e temperamento paternal eu vinha admirando havia algum tempo. Faça um filho em mim. Eu tenho quase certeza de que a TV estava ligada, pelo menos espero que tenha estado, porque todos os atos sexuais cataclísmicos da minha vida se deram à luz da incandescência de um vídeo. Era o primeiro dia de minha ovulação e eu lembro de ter visualizado o esperma sendo sugado para dentro do colo do útero como um néctar. Foi emocionante. Biologia como erotismo.

A característica da concepção é ser uma aventura, não importando a forma como seja feita. Meu primeiro treinamento em ciências se deu com o uso de um inseminador artificial. Em 1978, um grupo de cinco mulheres tentou fazer com que nossa amiga Beverly ficasse grávida. Beverly vivia em uma comunidade lésbica no campo. Ela tinha um amigo gay doador que vivia em uma cidade estudantil mais ou menos a quinze quilômetros de distância. Nós telefonamos para ele numa tarde de domingo, para saber se ele estava a fim de nos entregar uma amostra.

"Estejam aqui em quinze minutos", ele respondeu. Ele mostrou a poção mágica num potinho de vidro, que eu aninhei debaixo da minha jaqueta para levar para casa. Eu sabia que precisava mantê-la aquecida. Havia também a questão do tempo, por isso pisei no acelerador e tentei não contar os segundos.

Agora a parte divertida. Bev deitou-se num acolchoado bordado com machados *labyris* perto do fogão a lenha. Eu limpei o inseminador (um êmbolo plástico usado para esguichar molho em assados) com água um milhão de vezes, preocupada que algum resíduo de vegetais tivesse ficado dentro e arruinasse todo o nosso esforço.

Estávamos preparadas. Cheryl aspirou o sêmen e colocou a ponta rígida de plástico na vagina de Bev. "Enfie mais fundo!", todas nós dissemos. Claro que todas queriam apertar a bombinha. E estávamos na época em que possuir um pênis de silicone significava ser expulsa da cidade na calada da noite.

Ficou decidido que cada uma tinha direito a uma bombada. Uma gangue de inseminadoras! Tentamos "não criar muita expectativa", já que Beverly estava combatendo os mistérios da infertilidade.

Nós colhemos material da vagina depois de quinze minutos e o espalhamos numa pequena lâmina de vidro, que colocamos sob nossa poderosa lente de aumento. O que eu vi através da lente aquele dia foi o que eu enxerguei na minha mente na noite em que concebi.

"Lá estão eles! Estão todos ouriçados!", eu disse. Tenho certeza de que nada tão interessante jamais foi feito na minha aula de laboratório do colegial.

Breve: A alegria de peitos tamanho G, vibrando em direção ao trabalho de parto, será que devo fazer *fisting* no terceiro trimestre? Deseje-me sorte – e mande suas fantasias eróticas com mulheres pré-natais, experiências da vida real, e mais perguntas intrometidas!